烈日の執愛

「気持ちいいか」堂島は篠宮の汗ばんだ額にかかっていた髪を梳き上げると、セクシーな声で自信たっぷりに聞いてくる。

（本文より抜粋）

DARIA BUNKO

烈日の執愛

遠野春日

illustration❋小椋ムク

イラストレーション❋小椋ムク

CONTENTS

烈日の執愛 I

1

「いい具合に解《ほぐ》れてきたな」

潤滑剤でヌルついた指を二本同時にずるりと抜かれ、篠宮《しのみや》は思わず「うぅ……っ」とあえかな声を洩らし、眉根を寄せた。

「なんだ。もう感じてるのか？」

からかうような声が頭上から降ってくる。

意地の悪い視線が無遠慮に注がれるのを感じ、篠宮はいっそう固く目を瞑《つぶ》る。シーツに横向きに押しつけた顔をひたと見据えられているのがわかる。視線が注がれる左半面の肌がひりつくようだ。

堂島一威《どうじまかずなり》の目力は半端ではなく強い。鋭く切り裂かれそうな心地のする、獰猛《どうもう》な獣の目だ。

「おまえもすっかり淫乱になったもんだな、雅葦《まさよし》」

今度はずっと近くで囁《ささや》かれる。

頬に温かい息をかけられ、うなじがぞわっと震えた。厄介《やっかい》なのは、それが決して不快感によるものではなく、官能を刺激されるためだということだ。

淫乱、無節操、恥知らず、どう言われても真っ向から反論できない。

堂島の骨張ってごつごつした長い指が股間の屹立《きつりつ》を掴み、先端を確かめる。乾いた親指の腹で括《くび》れを擦り回し、ヒクヒクとはしたなく収縮する隘路《あいろ》から零《こぼ》れ出た先走りを塗り広げる。

「触ってやりもしないうちからこのざまか。前も後ろもぐしょぐしょにしやがって」

「やめろ」

聞くに堪えず、篠宮は首を振る。

これが堂島のいつものやり方だと承知してはいても、与えられる恥辱の大きさに毎度のごとく動揺し、狼狽《うろた》えてしまう。何をされようが無反応に徹してさえいれば堂島に一矢報いてやれるのだろうが、そんなことはとうてい無理な相談だ。

べたつく淫液と、堂島の指を濡らす潤滑剤とが混ざり合い、張り詰めた竿を上下に扱かれるたびにぐちゅぐちゅと卑猥な水音がする。

シンと静まりかえったシティホテルの室内にはしたない音が響くたび、篠宮は壁の向こうで待機しているはずの堂島の側近、三輪《みわ》の耳を気にして、激しい羞恥《しゅうち》に駆られる。都内でも有数の外資系高級ホテルだから、こちらの物音がすべて筒抜けになるような安っぽい造りにはなっていないはずだが、恥ずかしいことに変わりはない。

ここは扉一枚で繋がったコネクティングルームなので、堂島が一声かければ三輪はすぐにこちら側に入ってこられる。何を考えているのかまるっきり読めない無表情な顔つきで、篠宮がどれだけ猥《みだ》りがわしい姿を晒《さら》していようと眉一つ動かさず、堂島の命令だけを粛々《しゅくしゅく》ときくのだ。なまじ、自分とタイプが似ている気がするだけに、篠宮はこの三輪征英《ゆきひで》が苦手だった。三輪に冷めた目で見られるたびにいやな気分になる。堂島との関係を逐一知られているに違いないと思うと、屈辱を覚えて平静ではいられない。

「何を考えている」

堂島の苛《いら》ついた声がして、耳朶《みみたぶ》をきつめに噛まれた。続けて首筋にも歯を立て、痛いくらいに肌を吸ってくる。

「よせ……！」

篠宮は肩を回して肘《ひじ》を上げ、堂島を押しのける。

「人目につくところに痕《あと》をつけるな、か？」

馬鹿にしたように言って堂島は薄ら笑いを浮かべる。皮肉げに口角を吊り上げ、肉厚の唇をひん曲げた顔は嫌味たらしく、癪《しゃく》に障ることこの上ない。なまじ顔の作りがゾクリとするほど精悍に整っているため、あやしい魅力と迫力がある。

「俺はきみみたいな自由業とは違うんだ」

やっとのことで言い返すと、堂島は余裕たっぷりの顔をして肩を竦《すく》めてみせた。

「そうだな。おまえは俺なんかとは違って、品行方正な検事サマだ。おまえの上司も部下も、まさかおまえがやくざ者の腹の下で毎回妖しい声を上げて乱れまくってるとは想像もしないだ

ろうよ」

「誰のせいだ」

篠宮は恨めしさを込めて自嘲気味に呟《つぶや》く。

「ほう。おまえがもともと淫乱で、開発されたら女みたいに感じてイキっぱなしになるいやらしい体をしていたのが俺のせいか」

「ち、がう、そんな」

性格の悪さを発揮して堂島はわざとあけすけな言い方をし、篠宮の恥辱を煽《あお》る。篠宮は絶対に認めたくなくて唇を噛み締めた。

「何が違う」

堂島はやおら篠宮の背に被せていた上体を起こすと、俯せの状態で両膝を立てさせ、弄りやすいように掲げさせていた腰に両手をかけ、荒っぽく双丘を割り広げた。

潤滑剤をいやというほど施され、しとどに濡らして寛《くつろ》げられた秘部を剥き出しにされる。ひくひくと窄《すぼ》んだ部分の襞が喘《あえ》ぐように収縮するのが自分でもわかり、篠宮はいたたまれない心地になった。

見るな、と言っても堂島は聞く耳を持たない。いつでも自分のしたいようにする。横暴で勝手で傲岸不遜《ごうがんふそん》な男だ。

昔は——中学、高校と六年間同じ学舎で過ごしていた時分は、こんな男ではなかった。

　堂島が変わってしまったのは大学二年の夏以降だ。その頃、両親が離婚して父親がいなくなったそうで、堂島と母親は引っ越していき、以前のような親しい付き合いをしなくなった。大学では学部が違ってめったに顔を合わせる機会も減り、たまにキャンパスで擦れ違うようなことがあっても、堂島は一変して冷淡な取っつきにくい男になっていた。話しかけることはもとより、目を合わせるのも怖いと周囲が敬遠するほど刺々《とげとげ》しく荒れた雰囲気を醸し出していたのだ。その態度は篠宮に対しても同様だった。

　何があったのか詳しいことを語ろうとしない堂島の口から事情のすべてを知るのは難しい。かといって、篠宮が勝手に調べたりすれば、堂島は烈火のごとく怒るだろう。それがわかるだけに篠宮は何もできずにいる。

　もともと強気で自負心に満ちた自信家ではあったが、情に厚くて思いやりがあり、誰に対しても公平で、高校時代には生徒会長を務めるほど存在感と人望のある男だった。

　それが今では関東一の規模を誇る広域指定暴力団、極芳会《きょくほうかい》の大幹部だ。

　三十五にして若頭補佐の地位に就き、自分自身も経済やくざとしていくつものフロント企業を経営する凄腕で、極芳会内でも一目置かれているらしい。いわゆる舎弟を何人も持つ親分肌ではなく、どちらかといえば一匹狼の、己の実力だけでのし上がったタイプだが、なにしろ稼ぎが半端ではないため極芳会会長からも懐刀として認められ、可愛がられているようだ。

　堅気《かたぎ》の篠宮からすれば、常に法すれすれ、刑務所の塀の上を歩いているのも同然の堂島が気がかりで、どうにかしてまっとうな仕事に就いて人生を立て直してくれないかと願っているのだが、会うたびに問答無用で押し倒され、喘がされるばかりで、まともに話をする暇《いとま》もない。そもそもが、会うというより、強制的に呼びつけられるか、無理やり引き立てられるかのどちらかだ。二人の立場はとても対等とは言い難い。

猥りがわしくひくつく秘部の縁に指をやり、襞を引っ張って奥を晒される。

ヌルついた器官を内側まで確かめられているようで耐え難い恥辱を覚える。濡れた粘膜がどれほどいやらしい色をしているのか想像すると、頬が火照《ほて》ってきた。屈辱感に身が震え、シーツに立てた膝が崩れそうになる。

「せいぜい表の顔は澄まして取り繕っていろ。俺に隠しごとはしなくていい。今さらだ」

堂島は切って捨てるような調子で言い、左手の指二本で開かせた秘部に熱を孕《はら》んだ陰茎の先をあてがってきた。

硬く猛《たけ》ったものをぐっと押しつけられる。

それだけで篠宮はあえかな声を洩らしそうになり、慌てて唇を引き結ぶ。

狭くて窮屈な部分をこじ開けて無理やり深いところまで犯される苦しさをまた味わわされるのかと思うと、身が竦む。それと同時に、弱いところを突いたり擦られたりして息も止まりそうなほどの悦楽に悶《もだ》えさせられることへの期待から、欲情して全身に鳥肌が立ち、喉を震わせてしまう。

淫乱と誹《そし》られても否定しきれない。

堂島のテクニックは巧みで、同性との経験などなかった篠宮は徐々に慣らされ、快感と痛みの絶妙な取り合わせに毎度あられもなく叫ばされ、啜《すす》り泣かされるようになっていた。

わざともったいつけて、篠宮の意識をこれから貫かれる部分に集中させてから、やにわに堂島は勢いよく腰を突き入れた。

「……っ、あぁあっ！」

ずぶりとエラの張った亀頭が秘部を割り裂き、穿《うが》たれる。

両手で篠宮の尻を抱え直した堂島は、そのまま容赦なく昂《たかぶ》りを奥へと進めてきた。

狭い器官を無理やり広げつつ深いところまで入ってくる。

「ひぃ……っ、あ、あっ、あ……！」

繊細な内側の粘膜をぎちぎちに擦り立てられ、篠宮は喘ぐような息をつき、シーツを引き掴んだ。熱を孕み、ずっしりとした陰茎が隙間もないほど篠宮の中を埋め尽くす。

途切れ途切れに惨《みじ》めな声を上げ、呻《うめ》きながらも、堂島を受け入れることを覚えた体は篠宮の意思を無視して反応する。苦痛の中に交じる淫靡な快感を拾い集め、脳髄を痺《しび》れさせるような悦楽にまで増幅する。

「どうだ。いいか」

ずん、と最奥を突き上げられる。

篠宮は尖《とが》った悲鳴を放って身悶えた。

挿入の勢いで堂島の引き締まった下腹部が尻たぶにぶつかってきて、上体が前に押し出される。肌と肌とが打ち合わさる乾いた音に、いっそう官能を煽られる。

「いいならいいと言え」

堂島は傲岸に言い放ち、篠宮の尻をグッと両手で自分の下腹に引き寄せる。

ますます進入が深くなり、篠宮は堪らず啜り泣いてシーツに爪を立てた。

「いやだ、もう、これ以上は無理だ」

いざとなると堂島はいくらでも残酷になる。それを身をもって知っているだけに、篠宮は屈辱感に浸《ひた》されながらも、手荒にしないでほしいと堂島に頼んだ。

「これ以上は無理？　冗談はよせ。今からが本番だ」

堂島はせせら嗤《わら》って篠宮の哀願を一蹴し、ゆっくりと腰を前後に動かして凶器のように太く長い陰茎を抜き差しし始めた。

「あぁあ、あっ。いや、いやだっ」

「先っぽをこんなにびちょびちょに濡らしておいて、なにが嫌だ」

じっくりと篠宮の中を味わうように抽挿を繰り返しつつ、前に回されてきた手で再び股間を握り込まれる。

「どんどん溢《あふ》れてくるぞ。恥知らずめ」

篠宮の弱みを内側から責める一方、淫液を零し続ける茎を絶妙な強弱をつけた指で愛撫する。

「アアッ、やめろ、もう放せ！」

前と後ろをいっぺんに刺激され、篠宮は次第に惑乱《わくらん》した心地になってきた。

感じすぎてどうにかなりそうだ。

堂島は陰険にも篠宮が達《い》きそうになると手や腰の動きを緩め、はぐらかす。

何度も何度もぎりぎりまで追い上げられるのに最後の坂は越えさせてくれず、篠宮は堂島の非情さを恨んだ。

「イきたけりゃちゃんと言葉にして頼め」

先端だけ残して引いていた腰を荒々しく押し戻し、篠宮に切迫した嬌声《きょうせい》を上げさせながら堂島はさらなる屈辱を強いる。

「気持ちいいんだろうが。よすぎてときどき頭の中が真っ白になるくらい、俺のこれが好きなんだろう」

「違う、違う」

篠宮は長めに伸ばした髪を振り乱して否定する。

じっとりと汗ばんだ額や頬に張りついた髪が赤らんだ顔を隠してくれるのがせめてもの救いだ。自意識過剰め、と堂島の厚かましさを罵《ののし》りながらも、実際にはほぼ言われたとおりで、反論できない。堂島の雄芯が好きだなどとは口が裂けても認めたくないが、気持ちよさのあまり意識がたびたび遠のくのは事実だった。

本当は先ほどから出したくて出したくて、おかしくなりそうなくらい欲求が高まっている。何度か「イク……ッ」と訴え、全身を突っ張らせたが、堂島は「まだだ」とにべもなく撥《は》ねつけた。

シーツに擦れて刺激され、凝って突き出した乳首が痛いほど疼《うず》く。

ここも堂島に開発された性感帯の一つだ。

セックスのたびに摘まみ上げて揉みしだかれるうち、快感を覚えて勃つようになった。すっかり敏感になってしまって、へたをするとカッターシャツの布地に触れても硬くなるときがあり、夏でも上着を脱ぐのを躊躇《ためら》うほどだ。

荒い息をつき、口から抑えきれずに唾液を零して泣き喘ぐ篠宮を、堂島は精力的に征服する。緩急つけた巧みな抽挿を絶え間なく与えられ、篠宮はじっとしていられず自分でも腰を揺らしだした。あさましい限りだが、欲情が理性をねじ伏せ、なりふりかまっていられなくなる。

粘膜同士が擦れて湿った音が耳朶《じだ》を打つ。

汗ばんできた肌がぶつかるたびに濡れた感触がして、篠宮はそのうち全身がどろどろに溶けだすのではないかと思い始めた。

堂島を銜え込んだ秘部も蕩《とろ》けそうなほど柔らかくなっているようで、多少乱暴に陰茎を突き戻されても痛みを感じず悦楽だけが湧き起こる。怒張を深々と突き入れられるたびに篠宮の内壁は貪婪《どんらん》にそれを食い締める。

抜き差しされる際には潤滑剤の絡んだ粘りけのある水音が立ち、篠宮をますます淫らな気分にする。

そのうち篠宮自身、早く終わってほしいのか、もっと続けてほしくて泣くのか、定かでなくなってくる。

自分をここまで堕落させた堂島が憎い。

次こそは断じて言いなりになるものかと思うのだが、同級生だった頃ならいざしらず、今の堂島は簡単に刃向かえる相手ではなく、いつも抵抗しきれない。

ずんずんと立て続けに荒々しく腰を入れて奥まで抉られ、篠宮ははしたない嬌声を上げた。

「もうだめだ、イク、イクッ」

熱い塊《かたまり》が下腹部に生じ、マグマのような奔流となって体中を駆け巡る。

篠宮はシーツに縋《すが》りついて全身を襲う悦楽に耐えた。

「イかせてください、だ、雅葦」

堂島の手がシーツに擦りつけられて硬く尖った乳首に伸ばされる。

摘まんで乱暴に捻《ひね》られ、引っ張り上げられ、篠宮は悲鳴とも喘ぎともつかぬ声を放って身をくねらせた。

ジンと痺れるような疼きが下半身まで伝わり、内股を擦り合わせたい衝動に駆られる。

幸い、太股を大きく開かされていたためそんなあられもない行為をするには至らなかったが、篠宮の中で渦巻く欲望は臨界点に達した。

浅いところで筒内を掻き交ぜるように腰を回され、弱みを押し上げて刺激された途端、頭の中が真っ白になる。

「あああっ！　あっ！」

首を擡《もた》げ、喉を震わせて叫ぶ。

さらに追い打ちをかけるかのごとく、堂島はいったん抜いた怒張で最奥までいっきに貫き、篠宮を徹底的に責めた。

「ひぃ……いっ！」

衝撃の凄まじさに悲鳴さえすんなり出てこない。

張り詰めた陰茎から白濁が押し出されるように滴《したた》り、シーツにぱたぱたと零れる。

前で達したのか、後ろだけで極めたのか、自分でもよくわからなかった。

篠宮は法悦の余韻に胴震いしながら、秘部をきつく窄め、堂島を低く呻かせた。

「おいおい、俺を食い千切る気か」

「だめだ、喋るな」

僅《わず》かな震動にも感じて新たな喜悦が込み上げる。

紅潮した顔をシーツに突っ伏し、唇を噛んで波が過ぎるのをじっと待つ。

堂島もこれ以上引き絞られては敵《かな》わないと思ったのか、しばらく動きを止め、篠宮の興奮が収まる頃合いを見計らって口を開く。

「相変わらず堪《こら》え性がないな」

「……なんとでも言え」

まだ少し呼吸を荒げたまま篠宮は自棄《やけ》気味にあしらった。

男同士の爛《ただ》れた関係を強い、抜き差しならぬところまで貶《おとし》めたのは誰だ。胸中で堂島を罵る。面と向かって言ってやってもよかったが、言えば堂島はさらに手酷く篠宮を扱うだろう。今はもうこれ以上の淫虐を受けて自制心を保てる自信がない。我を忘れて堂島に縋り、もっともっと惨めな姿を晒すことになるのがオチだ。それは篠宮の矜持《きょうじ》が許さなかった。

ふん、と堂島が皮肉っぽく鼻を鳴らした。

「気だけは強い男だ。そんなだから嬲《なぶ》り甲斐《がい》があってかまいたくなる」

堂島はゆっくりと抽挿を再開する。

ズッズッと濡れた粘膜同士を擦り合わせ、刺激を愉《たの》しむ。

「……っ、あ、あ……っ」

一突きされるごとに総毛立つような快感に見舞われ、篠宮はまたも啜り泣きした。達したばかりの体は過敏になっていて、どんな些細な動きにもたちまち反応してしまう。

「気持ちいいか？」

「あっ、あっ」

よすぎて意識がどこかに飛びそうだ。

何度となく膝が崩れて腰を落としそうになる。そのつど堂島に抱え上げられ、「しっかり立てていろ」と叱責されて尻たぶをぴしゃりと叩かれた。

今し方放ったばかりだというのに篠宮の股間はみるみる硬度を取り戻し、痛みを覚えるくらい張り詰める。

「いいか、今度勝手にイッたら承知しないぞ」

抜き差しするスピードを上げ、腰骨を激しくぶつけてきながら堂島が凄む。

深々と穿ったものを乱暴に引き抜かれ、また突き入れられる。

上体を前後に揺さぶられる荒々しい責めに篠宮はあられもない声を立てた。

持久力のある堂島は簡単には終わらない。

途中、何回も意識を薄れさせては引き戻され、篠宮はとうとう弱音を吐いた。

「もう、もう、だめだっ。許して……許してくれ」

「イカせてください、だ」

堂島は執拗に篠宮にねだる言葉を求める。

「違う！　早く終わってほしいだけだ」

「言うまで終わらない」

堂島は本気のようだった。

強情っ張りの篠宮は歯を食いしばり、しばらくまた怺《こら》えたが、ついに我慢しきれず堂島の言いなりになった。

「頼むから、い、いかせて……」

屈辱に涙が出る。

「最初から素直になればいいものを」

堂島は篠宮の背中の窪みに浮いた汗を舌で舐め取ると、繋がったまま器用に体勢を変えた。

「ううっ」

中を擦られ、篠宮は顎《あご》を反らせて唇をわななかせる。

正面から堂島に抱き直されて、腕で顔を隠す。

こんな無様に泣き腫らした顔を堂島に見られ悦《えつ》に入られたくなかった。

だが、堂島は篠宮を辱めるのが愉しくて仕方がないように、強い力で腕を払いのけ、間近から顔を見下ろしてくる。

「泣き顔もそそる」

「やめろ」

「ばか。誰がやめるか」

堂島は唇の端を上げてせせら嗤い、ズンと腰を打ちつけてきた。

「アアッ」

篠宮は上体を弓形に反らせてのたうち、シーツを引き掴む。

湧き起こってきた淫らな快感に頭の芯が痺れ、朦朧《もうろう》とする。

「望みどおりもういっぺんイカせてやるから、しっかり受けとめろ」

自信たっぷりに言い放つなり、今度は正常位で追い上げられた。

篠宮を責めながら堂島も充分に悦楽を感じているようで、荒い息遣いの合間に気持ちよさそうな鼻息がときおり交ざる。

男の自分を抱いて堂島が満たされているのが篠宮には不思議で仕方がない。

望めばほかにいくらでも相手をする女性はいるだろう。堂島は中学高校の頃からよくもてた。手足が長くて均整のとれた逞《たくま》しい体躯、目力を感じさせる整った顔。他を圧する存在感があって、全校中の憧憬《どうけい》を集めていた。三十を超えて再会したときには、そこに男の色香が加わり、獰猛で危険な美しい獣のような底知れない魅力が増していた。今ではさらに貫禄がつき、傲岸不遜さを滲《にじ》ませた迫力のある男になった。セックスアピールの強い、男も女も虜《とりこ》にする強烈なオーラを放つ支配者だ。

その堂島が、よりにもよって篠宮のごとき面白みのない、会えば不愉快なやりとりを交わしてばかりの男に固執する。

嫌がらせにしては、週に二度も三度もシティホテルに部屋を取って、ときには事後に食事にまで付き合わせるのは度がすぎている。篠宮の都合はおかまいなしだ。それがもうかれこれ数年続いている。

　よほど俺の体が気に入ったか、と柄でもない台詞が喉元まで出かかる。自意識過剰と一笑に付されるのがオチだろうから実際口にはしないが、それ以外考えつかない。

　向かい合わせになって下半身を絡め、表情を見下ろされながら奥を叩いたり捏《こ》ね回したりされると、篠宮は後背位でされるより動揺し、やり場のない羞恥心に包まれる。

　喘ぐ顔を見せまいと耐えようとすればするほど感覚は研《と》ぎ澄まされ、僅かな動きにも熱い息をつく。

「いいか」

　じっくりと嬲るような腰使いで中を掻き交ぜられ、篠宮はあえかな声で呻いた。

「よさそうだな」

　堂島はさっさと決めつけ、不敵に笑った。

　悔しい。悔しいが、弱いところを擦られると、淫らな声を洩らさずにはいられない。

「あぁ……あ、あ！」

　そのうち篠宮は取り繕えなくなってきて、淫らに体を揺すりながら嬌声を上げていた。

「悪くない」

　堂島の声も喜悦に濡れている。

抽挿が速くなった。

縋るものを求めてシーツから浮かせた腕を堂島に掴まれる。

前後に動いて篠宮を苛《さいな》む堂島と目が合った。堂島はずっと篠宮の顔を注視していたらしい。鋭いまなざしに射竦められる。普段であれば恐ろしさに背筋がゾクリとしただろうが、今は黒い瞳の中に欲情に浮かされたような色合いが滲んでいて、怖さよりもくらりとするようなセクシーさを感じた。

促されるまま堂島の背中に両腕を回す。

しっとりと汗ばみ、体温の上がった逞しい体を躊躇いがちに抱く。

鍛え抜かれて弾力のある筋肉に覆われた肉体は、篠宮の細い体とは別物のようだ。ずっしりとした質感が手に伝わってくる。堂島の腹の下に敷き込まれ、屈辱にまみれさせられているというのに、守られてでもいるかのような錯覚を覚える。

ウッ、と堂島の厚めの唇から低い呻きが洩れる。

根本まで埋められた太い熱棒が中でビクビクと脈打ち、白濁を迸《ほとばし》らせるのがわかった。

篠宮の内壁もそれに合わせて妖しくうねるように収縮する。

篠宮は息を乱して喘ぎつつ、情動のままぎゅっと堂島の背中を抱き締めていた。自分の中を精液で汚されておきながら、なぜか嫌悪感は湧かない。それは最初にこんなふうにされたときからずっとだった。

一筋縄ではいかない厄介な縁に縛られているのを感じる。

以前は親友と認め合っていた仲だ。今でこそ何を考えているのかよくわからない、違う世界の人間になってしまったが、だからといって赤の他人と同じに遇することはできない。堂島は篠宮が学生時代に何をさせてもすごいと認めた相手だ。尊敬していたし、一番の友人として付き合えて誇らしくもあった。

もしかすると、あの頃は、ひそかに堂島とこんな関係になれたらいいと感じていたかもしれない。ほのかな恋心に近いものが自分の気持ちの中に隠れていたことを、篠宮は自覚していた気がする。

だが、現在のこの無理やりの関係は篠宮が望んだものでは決してない。堂島がなんと言おうと、篠宮は合意だなどと認めるつもりはなかった。

堂島が柔らかさを取り戻した陰茎を抜く。

「……っ」

篠宮は粘膜を擦られ、眉根を寄せた。まだ完全に萎《な》えていないそれは篠宮を最後までからかい、弄《もてあそ》ぶ。

堂島が奥から出ていったあとも、まだ何か挟まっているようだ。しばらくは違和感が残るだろう。その間ずっと堂島に貫かれて中で出されたことを思い出させられるのだ。篠宮は唇を噛み、秘部を窄めて精液を洩らさないように努めた。

クイーンサイズのベッドをギシリと揺らして堂島が下りる。

バサッと裸体に羽根布団を掛けられる。

篠宮が横目で窺《うかが》ったとき、堂島は全裸で背中をこちらに向けていた。

塑像《そぞう》のように理想的なラインを持った見事な肉体に否応もなく目が釘付けになる。すぐにソファに脱ぎ捨てられていたバスローブを羽織って隠されたが、体のどこにも刺青《いれずみ》がないのを今夜も確かめて、安堵の溜息が出る。

「また連絡する」

「セックスの相手をさせるためなら、もう会わない」

篠宮は尖《とが》った声音できっぱり言ってのけたが、堂島はジロリとこちらを一瞥《いちべつ》し、ふんと鼻で嗤った。

「俺に逆らえるものなら逆らってみろ」

言葉の裏には、絶対に逆らわせないという強い意思が見てとれる。

そうやって篠宮に脅《おど》しをかけた堂島は扉を開けて隣室に行ってしまった。

いつものことだ。堂島は帰り支度を側近である三輪の待つ部屋でする。篠宮は再会してから一度も堂島がシャワーを浴びて髪を濡らした姿を見ていない。

隙を作らない堂島に篠宮は、今はむしろ三輪のほうが堂島に近い存在なのではないかと感じ、虚しい気分になる。体を繋ぐ相手もべつに篠宮一人ではないのかもしれない。三輪とは寝ていないと、いつだったか何かの拍子に堂島の口から聞かされたが、篠宮は半信半疑でいる。

嫉妬などではないと思いたいが、それではこの複雑な感情はほかのなんなのだと自問してもはっきりした答えを出せずにいる。

篠宮はベッドに横になったまま、また一つ溜息をついた。

わからないのは堂島の気持ちだけではない。自分自身の気持ちすら最近の篠宮はあやふやになりつつある。

早く起きて体を洗い流して帰らなければ、明日もまた午前中から被疑者の取り調べが何件も予定されている。

頭ではわかっていても、さんざん堂島に嬲られた体は気怠《けだる》く疲れていて、身を起こすのも億劫《おっくう》だ。

いっそのこと、このまま眠りたい誘惑に駆られる。

なんとかそれを払いのけ、裸足で絨毯《じゅうたん》を踏みしめたときには、すでに隣室から人の気配は消えていた。

2

東京《とうきょう》地方検察庁刑事部の部長検事から呼び出しがかかり、篠宮は部長室に入った。

「さっそくだがね、篠宮検事」

マホガニー製のどっしりとした両袖机に着いた砂川《すながわ》部長は篠宮と向き合うなり切り出した。老眼鏡越しにこちらを見上げる目が篠宮を値踏みしているようで緊張する。普段と違う空気を感じ、何かいわくつきの事件でも回されるのかと身構えた。

「一昨日歌舞伎町《かぶきちょう》で起きた傷害事件、知っているね」

「はい」

篠宮はすぐに答えた。

三月十六日の午前三時頃、歌舞伎町一番街《いちばんがい》の路地裏で四十代のサラリーマンが殴る蹴るの暴行を加えられて重傷を負うという事件が起きた。

通報を受けて警察官が駆けつけたときには当事者の一方はすでに逃亡したあとで、被害を受けたサラリーマンは病院に搬送されて今なお意識不明の重体とのことだ。メディアがこぞって取り上げ、テレビや新聞で大きく報道されている。

「まだ公にはされていないが、先ほど新宿署《しんじゅく》に加害者と目される男が出頭してきた」

砂川部長はデスクに肘を突いて両手を顎の前で組み、重々しい口調で言う。

「小迫晋治《こさこしんじ》、二十八歳、広域指定暴力団鷲柘組《わしつ》の幹部だ」

鷲柘組といえば関東《かんとう》一円に勢力を持つ大組織だ。

またやくざか……。篠宮はうんざりすると同時に、昨晩嫌というほど堂島に責められた体の奥がズクリと疼くのを感じ、ひそかに狼狽えた。

慌てて淫らな記憶を頭の隅に追いやる。今は職務中だ。堂島のことなどちらりとも考えるべきではないと己《いまし》を戒める。

幸い、平静を装った表情までは崩れず、部長に不審を抱かせたることはなかったようだ。

砂川は事務的に続ける。

「暴力団絡みではあるが、すでに警察のほうで本人が犯行を自供し、罪を認めている。聞いたところ現場の状況とも一致しており、不審な点はないようだ。明日にもこちらに送検されてくるそうだから、この事件、きみに担当してもらいたい」

実のところ、今篠宮はほかにも事件を山ほど抱えていて、また一つ引き受ければ事務官とども大変になるのは目に見えている。しかし、そうした状況はどの検事も同様で、誰かが多少の無理を承知でやらねばならない。篠宮がちらりと危惧《きぐ》したのは、これが一般にかなり注目されている事件だということだ。こういう事件はたいていい上からの催促が厳しい。迅速に処理しろ、検察に対する世間の感情を逆撫でするな、と急かされる。一件一件慎重に吟味してから起訴か不起訴か判断することが信条の篠宮は、どんな事件でも右から左に処理するようなまねはしたくない。はい、と返事はしたものの、内心、やりにくい案件になりそうだなと思った。

「なに、心配する必要はないよ」

篠宮の顔に僅かながら浮かんだ戸惑いを見て取ったのか、砂川は黒々とした太い眉を下げ、少し笑って宥《なだ》めるように言う。

「すでに体裁は整っている。きみは被疑者を取り調べて警察で自供した内容に間違いがないことを確認したら、速やかに起訴状を書けばいい。被疑者も反省の色を見せているとのことだ」

あとは裁判をして刑が確定するのを待つばかりだ、と砂川は自信たっぷりだ。

おおかた砂川の言うとおりなのだろう。

実際に被疑者と会ってみなければ断定はできないが、聞いた限り事件の流れに特に不自然な点があるとは感じない。やくざがサラリーマンに因縁をつけて半死半生の目に遭わせ、いったんは現場から逃げたものの後日自首してきたという、単純明快な事件のようだ。

それにしても、鷲栢組の幹部ともあろう男が一般人に手を出すとは、極道も地に落ちたものだ。篠宮はただでさえやくざが嫌いだが、これにはまったく反吐《へど》が出る。反省の色があると言うが、本気かどうか見極めなくては。ふりだけでないことを祈るばかりだ。

「今受け持っている事件だけで手一杯なのは承知しているが、きみ以外に任せられる者がいなくてね」

「もちろん、お引き受けします」

篠宮はできるだけ快活に返事をした。

話はそれですみ、下がっていいとのお達しに篠宮は一礼して自室に戻った。

検事は一人ずつ執務室を与えられている。ここで被疑者の取り調べを行うためだ。事務官はほかの検事と掛け持ちのケースもあるが、篠宮についてくれている山奈《やまな》事務官は篠宮専任だ。

「歌舞伎町で起きたあれですか」

部長に呼び出された理由を話すと、山奈は落ち着き払った口調で応じた。

黒々とした髪を一筋の乱れもなく七三に分け、少し時代遅れの感がする銀縁眼鏡をかけた山奈は、決して出過ぎず、頭のよさをひけらかさない謙虚さを持っている。

一緒に仕事をするようになって四年になるが、篠宮は山奈があからさまに感情を乱したところをいまだに見たことがない。常に冷静で、よく気が回り、いちいち指示しなくても次に何をするべきか的確に判断して篠宮が仕事しやすいように調《ととの》えてくれる、有能な事務官だ。篠宮はいつも山奈におおいに助けられている。事件についてもよく話し、ときには意見を求めることもあった。

「鷲栢組といえば、極芳会と張る大組織ですね」

山奈の口からさっそく極芳会の名が出て、篠宮は一瞬ドキリとする。鷲栢組とくれば極芳会がセットで語られるであろうことは予測の範疇《はんちゅう》で、覚悟はしていたものの、実際言葉にされるとまったく動じないわけにはいかなかった。否応もなく堂島のことが頭に浮かび、昨夜のあられもない痴態を思い出す。

だめだ。篠宮は即座に思考をシャットアウトし、気を取り直した。

「わたしはあまり詳しくないのですが、山奈さんは鷲栢組に関してどの程度ご存じですか」

篠宮は三つ年上の山奈に対して丁寧な言葉遣いをするようにしている。最初のうちは、山奈は恐縮して「私に遠慮などなさらないでください」と繰り返していたが、二人の間でこのスタイルが定着すると、以降は触れなくなった。

「私もたいして知らないのですが」

山奈は控えめに前置きし、篠宮がまだ頭に入れていなかった鷲栢組の内情や極道世界における立ち位置などについて話しだす。

「極芳会の芳村《よしむら》会長が権謀術数《けんぼうじゅっすう》に長けた頭脳派だとすれば、鷲栢組の鷲栢忠直《ただなお》組長は昔気質《むかしかたぎ》の武闘派、よくも悪くも古いタイプのやくざだと言われています。人事にもその傾向は顕著に表れていて、実力主義の極芳会に対し、鷲栢組には血筋や年功序列に拘《こだわ》る組員が多いようです。そんな中で今回自首してきた小迫という男はちょっと異例で、二十八の若さで幹部に取り立てられています」

「鷲栢組内ではエリートということですか」

「はい。小迫はもともと組長の一人息子鷲柘陸朗《りくろう》の高校時代の後輩で、その関係から組長宅にちょくちょく出入りしていたようです。一本気で骨があり、今どき珍しいくらい忠誠心を持った男らしく、息子の肝煎りで構成員になったのだとか。世襲で次期組長になると目されている陸朗が、自分の言うことをなんでも聞く子分として引っ張り込んだんでしょう。本人もそちら方面に適した資質があったのか、めきめきと頭角を現し、数年後には幹部の地位まで昇ってきたわけです。古参の幹部たちの中には、新参者の分際でと、小迫を煙たがっている者も多いようですね」

「なるほど、よくわかりました。で、そんな並外れた才覚のある男が、今回後先考えない暴行傷害事件を起こした、と」

なんとなくらしくない気がして、篠宮は慎重になった。

小迫が山奈の説明どおりの人物なら、被害者のサラリーマンとの間にかなりの軋轢《あつれき》が生じたのでなければ、こうした事態を引き起こすとは思えない。何かよほど腹に据えかねることがあったのか。

山奈は特に自分の考えは述べず、現時点で把握できていることだけを話す。

「報道によると、暴行を受けたサラリーマンは事件の直前まで現場近くのスナックで一人で飲んでいたそうです。ウエイターの談に、かなり酔っていて、店を出るとき足元がふらついていたので心配したというものがありました。また、その直後に、道端で男とぶつかって因縁をつけられ、路地に引っ張り込まれるところを見たという証言が出ているようです」

部長からは事実関係が明白な事件だからさっさと起訴状を書いて片づけろと言われたが、篠宮はいつもと同じく自分自身が納得できるまで調べ、判断するつもりでいる。今の段階で何かを確信的に疑っているわけではないのだが、少しでも違和感を覚える点があれば、それに対する辻褄《つじつま》のあった説明がほしい。その上で起訴か不起訴か決定したかった。結果は同じでもそこに至るまでの過程が重要だ。いい加減な仕事はしたくないし、篠宮の気性として、できない。

翌日、小迫晋治は送検されてきた。

篠宮が一回目の取り調べを行ったのはさらにその翌日で、日曜の午前だった。

十時きっかりに警察官に腰紐をつけられた小迫が入室してきたとき、篠宮は事件の持つ性格と、目の前に座った人物が結びつかない印象を受けた。

小迫の顔は写真で知っていたが、実際の彼は強面《こわもて》ではありながらも忍耐強く理性の勝った雰囲気を醸し出しており、突発的に激昂して見境のない暴力をふるうタイプには見えない。

篠宮は型どおりにまず氏名や年齢、現住所などの確認をした。

「間違いありませんね?」

小迫は黙って頷く。

自首してきただけあってすっかり観念しているのか、篠宮に向ける目にも態度にも反抗的なところはなく、その後の聞き取り事項にも淀みなく答えた。

すこぶる協力的で、調書との食い違いもない。

篠宮の右手に据えられたデスクに着いて記録をとる山奈の指も、キーボードを叩きだすと長時間止まることはなかった。小迫の証言はそのくらい躊躇いがなく、あたかも暗記してきたシナリオを読み上げるかのようだったのだ。

場合によっては一回の取り調べが数時間に及ぶのも珍しくないのだが、ひととおり聞くべきことを聞いても、一時間ちょっとしかからなかった。

「事件の概要を纏めると以下のとおりになります。事件当夜、あなたが一人で歌舞伎町一番街を歩いていると、前方から千鳥足《ちどりあし》でやってきた被害者があなたの右肩にぶつかってきた。しかし、相手が謝りもせずにその場を行き過ぎようとしたため、あなたはカッとなり、ビルとビルの間の人けのない袋小路に連れ込んで、殴る蹴るの暴行を働いた。そのうち通行人が気がついて立ち止まって覗《のぞ》き込んでいく人が増えたため、まずいと感じ、逃げた。同日のテレビや新聞の報道で相手が意識不明の重体で病院に搬送されたと知ったあなたは、過剰な暴力をふるったことを反省し、周囲に相談の上、身辺の整理をつけ、十八日午後二時過ぎ新宿署に出頭した」

「そのとおりです、検事さん」

顔色一つ変えずに聞いていた小迫は、感情の籠もらない淡々とした口調で認める。

同じことを繰り返し言わされたり聞かされたりしても、苛立《いらだ》った様子もなければうんざりしたふうでもなく、態度は殊勝そのものだ。地味な灰色のスーツを着込み、背筋を伸ばして椅子に座った姿は真面目な社会人にしか見えない。坊主刈りにした頭と右耳の一部が欠損していることを除けば、暴力団幹部らしさを感じさせる点はないように思える。

「ですが、どうもわたしには、あなたが酔っぱらいの一般人を相手に切れた若者のような振舞いをするとは考えられないんですが」

篠宮は率直に疑問をぶつけた。

「こっちも酒が入ってましたからね」

小迫は細い目で篠宮を見据え、用心深げに答える。

確かに、そのとき小迫自身もかなりの量のアルコールを摂取していたと、調書にも記述されている。篠宮は承知の上で、なお、すんなり納得しきれずに聞いたのだ。これまでほとんど無表情だった小迫が僅かなりと構えた素振りを示したことが気になった。

「酔うとときどき歯止めが利かなくなるのが昔からの悩みのタネでしてね。このときはたまたま止め役の若いもんを一人も連れていなかった。相手の方には悪いことをしましたよ」

小迫は篠宮が聞く前に自分から喋《しゃべ》る。

穿ち過ぎかもしれないが、それも篠宮の耳にはどこか言い訳がましく響いた。

「そのわりには、被害者の容態について一言もご質問されませんね?」

篠宮がそう言った途端、小迫の目が一瞬ギロリと剣呑に光った。

次の瞬間にはもう元の感情を押し殺した目つきに戻っていたが、篠宮は背筋がぞわりとする恐ろしさを感じ、見間違いではないと確信した。

同じだ、堂島と――。

篠宮には嫌と言うほど覚えのある怖さで、ますます小迫が油断のならない相手に思えてくる。居丈高に声を荒げたり、脅すような態度を取ったりしないところに、不敵さや得体の知れなさを感じる。

実際、こうして向き合って話を聞いても、篠宮には小迫が腹の中で何を考えているのか読めないのだ。発言に齟齬《そご》はないが、真実はべつのところにある気がしてならない。事件全体がしっくりこなかった。

「新宿署の刑事さんが、まだ意識が戻らないと言ってたんで、きっと今もそのままの状態なんだろうと思ってたんですよ」

小迫は眉根を寄せて困惑した表情を浮かべ、もっともらしい説明をした。

「何か容態に変化があったんですか?」

逆に質問され、篠宮は「いいえ」と否定する。

「先ほど聞いたところでは、相変わらず予断を許さない状態だそうです」

「そうですか。なんとか回復するように祈ってますよ」

小迫は神妙な顔つきで殊勝なことを言ったあと、フッと自嘲気味に苦笑した。

「万一、相手が死にでもしたら、罪状がいっきに重くなりますからね」

やくざらしく毒のある科白《せりふ》も吐く。

反省はしているが我が身ももちろん可愛い、被害者を心配するのは裏を返せば自分のため、というわけだ。優等生的な発言ばかり聞かされるより、むしろこうした自分勝手な言い分が交ざったほうが本音を語ってくれているようで真実味が増す。

暴行傷害罪に致死罪までつけば服役年数に大きく差が出るだろう。

それにしては、口で言うほど気を揉んでいる様子は窺えないが、そこがまたやくざのやくざたる所以《ゆえん》かもしれない。

小迫はすでに犯行を認めている。警察で自供したことを、篠宮の前でもすべて相違ないと再認した。

本来であればこの場で起訴決定を言い渡してもなんら問題ない事件だったが、篠宮はどうしてもそうする気になれず、「続きはまた次回」と先延ばしにした。

「……何かまだ疑問点があるんですか、検事さん」

訝《いぶか》しがるというより不本意そうに小迫は聞いてきた。

ここにきて初めて、厳つい顔に焦燥が浮かぶ。

それを見て取った篠宮は、やはりこれはもっと深く調べたほうがよさそうだという感触を強めた。

まだ何か裏がありそうな気配がする。

篠宮は小迫には答えず、部屋の隅で待機していた警察官に指示を出した。

「連れて帰っていただいて結構です」

「おいっ！」

小迫が気色ばんだ声を浴びせてきたが、篠宮は動じることなく、引き立てられていく小迫を見送った。

「どこか引っかかる点がありましたか？」

部屋に二人になって山奈に訊ねられ、篠宮は曖昧《あいまい》な笑みを浮かべて首を傾げてみせた。

「具体的にどこがどうと指摘できるわけではないんですが、なんとなく据わりが悪い気がするんですよ。すみませんが、この件に関する資料を全部揃《そろ》えていただけますか」

「畏《かしこ》まりました」

山奈は嫌な顔一つせず篠宮の要求に応え、さっそく関係資料を脇机の上に積み上げてくれた。すでにひととおり目を通しているが、もう一度読み返して事件を洗い直したかった。

「山奈さんは先にお帰りになってください。今のところ手伝っていただけそうなことはありません。明日またよろしくお願いします」

篠宮自身は今夜一晩かけてこれらを熟読するつもりだ。おそらく徹夜になるだろう。

山奈が恐縮しながら帰ったあとも、篠宮は時間を忘れて資料の読み込みに没頭した。

小迫の供述調書、目撃者の証言、現場に残された血痕の鑑識報告書、一つ一つ丁寧に確認し、事件の様子を脳内で映像化して流してみる。うまくイメージできない部分があれば、再度資料の検討だ。篠宮はいつもこうして事件を自分の頭で組み立て直し、理解する。一部分でも不鮮明なところや、齟齬があれば、そこに当て嵌《は》まる答えを探し続ける。

『呆れるほどの執念深さだな。顔に似合わず』

いつだったか堂島が薄笑いしながら篠宮を揶揄《やゆ》したことがあった。

ふと思い出し、篠宮は資料から顔を上げた。

こんなときに堂島の言葉を頭に浮かべるとは不覚だ。集中力が切れかけているようだ。目頭に指をやって疲れを解す。

電話機のディスプレイに表示されている時刻を確かめると、すでに午後七時を回っている。

篠宮はポットのお湯でティーバッグ式の紅茶を淹《い》れてきて一息ついた。

閉じたブラインドの隙間に指を入れて窓の外を覗く。濃い藍色に染まった空に青白い月が浮かんでいた。薄雲がかかっているのか、ぼやけて滲んで見える。

学生時代に見上げた月は、いつももっと鮮明で大きかったような記憶があるが、気のせいだろうか。

窓辺に佇《たたず》み、熱い紅茶を飲みながらとりとめのないことを考えていると、不意に携帯電話のバイブレーション音がシンとした室内に響きだした。

デスクに戻って机上のトレイに置いた携帯電話を開き、耳に当てる。

「仕事中だ」

相手が何か言ってくるより先に篠宮は無愛想な声で牽制《けんせい》した。

『日曜だぞ』

「俺たちには関係ない」

篠宮は堂島と電話で話をするのが苦手だ。

堂島の低くて色香に満ちた声は篠宮の脳髄を痺れさせ、淫らな記憶を反芻《はんすう》させる。どこをどうされたのか生々しく思い出させられ、そのとき受けた悦楽がぶり返しでもしたかのごとく体が熱くなり、疼きだす。苦痛より快感に喘がされるようになってから、篠宮はずっと悩まされ続けている。堂島は何もかもお見通しで、会わないときにも篠宮に屈辱を味わわせるためにときどきこうして電話してくるのだ。どこまでいたぶれば気がすむのか。腹立たしくてならない。

「どうせまた用はないんだろう。忙しいから切るぞ」

『ずいぶん苛ついているようだな。そんなに難しい事件を担当しているのか？　地検一の美貌と才覚で知られた篠宮検事が』

「からかうな」

馬鹿にされているとしか思えず、篠宮は棘《とげ》のある口調で躱《かわ》す。堂島が口にすると、たとえ純粋な褒め言葉だったとしても嫌味にしか聞こえない。

『体、大丈夫か？』

いきなり聞かれ、篠宮は否応もなく下腹部に灯りかけていた欲情の火種を意識した。

「……べつに」

不機嫌さを丸出しにして短く答える。

堂島が心配して聞くのではなく、篠宮を揶揄し、煽って弄《もてあそ》ぶためにわざと昨晩の行為を思い出させようという腹なのがわかるだけに、絶対に思うつぼに嵌まるものかと意地になる。

『今からまたどうだ。三輪を迎えに行かせるから出てこい』

「断る」

少しは人の話を耳に入れたらどうだ、と怒りを湧かせつつ篠宮はにべもなく撥ねつけた。

連日堂島の好きにされては身が保たない。

「たまにはほかを当たれ。俺はきみの恋人でも愛人でもない。いい加減、迷惑だ」

『押し倒せばヒィヒィ泣いてよがるやつがよく言うぜ。おまえもたいがい厚顔だな、雅葦』

「黙れ。本意じゃない」

篠宮は羞恥に頬を火照らせながら精一杯抵抗した。

『一時間で仕事を片づけろ』

会えないと断っているにもかかわらず、堂島は勝手に決めて、有無を言わさず強引に話を進める。

いつもこうだ。聞くだけ聞いて、返事がどうであれ一顧だにしない。ならば最初から聞くなと癇癪《かんしゃく》を起こしたくなる。

「嫌だ。本当にもう、今夜は勘弁してくれ」

『聞けないな。俺は今おまえ一筋なんだ。責任取れ』

「嘘だ」

そんな戯《ざ》れ言《ごと》を誰が信じるというのか。ばかばかしくて唾棄《だき》したくなる。堂島は篠宮を戯《たわむ》れに嬲り、慰みものにしているだけだ。いつ頃から憎まれていたのか、心当たりがなくて見当もつかないが、それ以外にこんなふうにされ続ける理由はないだろう。気に食わなくて癪に障るから、憂さ晴らしに陵辱するのだ。もしかすると昔馴染みだという甘えもいくぶんあるのかもしれない。篠宮が完全に愛想を尽かしてしまえないのを承知で、付け入っているように感じる。結局、弱いのは篠宮だ。口ではそっけなくできても、最後の最後で堂島を振り切れず、折れてしまう。

高校時代、ほのかに抱いていたひそやかな恋情を、いまだに燻《くすぶ》らせているせいだ。とうに気づいていたが、篠宮は蓋をして隠蔽《いんぺい》し、一刻も早く火が消えるのを待っている。好きだったのは昔の堂島で、今の、極道の世界にどっぷり浸かった堂島ではない。検事としても、一人の人間としても、受け入れるわけにはいかなかった。

「こういうときだけ調子のいいことを言うな。よけいうんざりする」

『ふん。嘘つきはおまえのほうだろう。口を開けば強情ばかり張る』

堂島は電話の向こうで嘲笑《あざわら》った。

どんな顔をしているのか目に浮かぶ。篠宮は頭に血が上りかけるのを必死で抑えた。

傲慢で身勝手な男だ。いったい篠宮を自分のなんだと思っているのか、いっそ聞いてみたくなる。これまで何度そうしようと考えたかしれないが、いざとなると言葉にできなかった。堂島の本心を知るのが怖くもあるからだ。知りたいが、知って傷つかずにいられる自信がない。

臆病者め、と篠宮は自分自身に嫌気がさす。

『女みたいに言葉が欲しいか』

「もういい、切る！」

怒りと羞恥で息が詰まりそうだ。

厚顔無恥はどっちだ。篠宮は胸の内で堂島を思いきり罵った。

『そうか。残念だな。久しぶりに食事でもと思っただけだったんだが』

この期に及んでそんな適当なでまかせを言う。

篠宮はそれ以上聞かずに通話を切った。

どうせ今夜はここに籠もって朝まで仕事だ。片づけなくてはならないのは小迫の事件だけではない。忙しいというのは、べつに堂島を遠ざけるための口実ではなかった。

堂島との通話を無理やり終わらせた篠宮は、先ほどから感じていた空腹を満たすため、春物のトレンチコートを羽織って外に出た。

明日は春分だ。しかし、まだまだ昼でも肌寒い日が続いていて、陽が沈むと何か一枚羽織らなければ風が衣服を通して寒気を運んでくる。

散歩がてら有楽町《ゆうらくちょう》のほうまで歩き、ときどき行く洋食の店でビーフシチューセットを注文する。食事が運ばれてくるまでの間、途中のコンビニで買ってきた新聞を広げていると、目の前に断りもなく座ってきた人物がいて驚いた。

「堂島……！」

目を瞠《みは》り、唖然とする。

堂島はゴルフコンペの帰りのような格好だった。ポロシャツの上にブルーグレーのジャケットを羽織った、普段よりぐっとカジュアルな服装だが、何を着せても様になる。

「何をしに来たんだ。まさか、俺のあとを尾《つ》けてきたのか」

さして広くもない店内に配慮して、低めた声音で堂島に食ってかかる。

「だから言ったろう。食事だけでも一緒にってな」

「俺は了承してない」

「もう俺はここにいる。了承もへったくれもあるか。気取るな」

当たり前のように同席し、悠然とした態度で注文を取りに来たウエイターに「同じものを」と篠宮に顎をしゃくって頼んだ堂島は、レモンで香り付けした水を美味そうに飲んだ。

何を言っても堂島は取り合わず、自分のしたいようにする。

篠宮はわざとらしく溜息をつくと、手にしていた新聞を無造作に畳み、ベンチタイプの席の空いているところに置いた。

「昨日の今日だ。きみの顔なんか見たくなかった」

「ばかめ。何年同じ科白を言えば気がすむんだ、おまえは」

「ばかはどっちだ」

四年も五年も不毛な関係を続けるばかりでいっこうに変わろうとしない。篠宮は堂島との関係を思うたびに苛々し、虚しくなる。恋人でも愛人でも友人でもない中途半端な立ち位置にはもううんざりだ。

堂島のほうがあとから来たのに、ビーフシチューは二つ同時に運ばれてきた。

「グラスワインの一杯くらいどうだ」

「ご勝手に」

一人で飲めという意味で言ったのだが、堂島はウエイターを呼んで赤ワインをボトルで持ってこさせ、グラスを二つ用意するように言った。

「俺は勤務中だぞ」

「おまえがワイン一杯で酔うような可愛いタマか」

そういう問題じゃない、と喉から出かけたが、堂島の不遜な顔を見て、言っても無駄だと諦めた。

「俺の前で意地を張るな。人には言えないようなところまで舐めさせてる仲だろう」

「やめろっ、こんな場所で」

篠宮は動揺し、店内を見渡した。

幸い見知った顔はいなかったが、これ以上堂島にろくでもない話をさせないために、やむなくワイングラスに手を伸ばす。

「やくざめ」

「褒め言葉と受け取っておこう」

カチリとグラスを触れ合わせて堂島はぬけぬけと言った。

スプーンを口に運ぶ姿まで様になっていることも含め、癪に障ってむかつく。

長くて節の目立つ指は、いわゆるごついというのとは違う。むろん、しなやかで綺麗なわけでもないのだが、きちんと手入れの行き届いた爪とともに清潔感に溢れ、動くたびに目の隅でつい追ってしまうセクシーさがある。

ジャケットの袖口からときおり覗く時計は意外にも国産品だ。高級腕時計には違いないが、極芳会の大幹部の持ち物にしては地味で堅実な印象を受ける。そういえば、堂島は車も国産だ。見てくれで箔《はく》をつけたがるほかのやくざとは一線を画している。実力に裏打ちされた自信があるからこそできることだろう。

「昨日、鷲柘組の幹部が逮捕されたそうだな」

唐突な堂島の言葉に、篠宮ははっと我に返った。

「仕事の話はしない」

「独り言だ」

堂島は自分のグラスに手ずからワインを注ぎ足しながら篠宮を見ずに言う。べつだん探りを入れているふうではなかったので、篠宮もすぐに緊張を緩めた。やくざと検事という対立する立場で再会したが、堂島が篠宮を利用しようとしたことは一度もない。だからこそ篠宮は積極的に袂《たもと》を分かつ必要を感じず、ずるずると不毛な関係を続けてきた。

「もしもおまえがこの事件を担当するのなら、深入りしないでさっさと裁判に持ち込み、型どおりに処理するほうがいいな」

独り言だと前置きした上で堂島は気になる発言をする。

どういうことだ、と篠宮は眉間に皺《しわ》を寄せた。

堂島は篠宮の顔を一瞥してすぐにまた視線を外す。篠宮がもっと聞きたがっているのを見て取り、すでにこの件に関わっているのだと察した様子だ。

自分の狡《ずる》さをわかっていてなお、篠宮は堂島の話に耳を傾けずにはいられなかった。ともすると篠宮が感じている腑に落ちなさに通ずる情報があるかもしれないのだ。篠宮は綺麗事を言うのを捨てて貪欲になると決めた。真実に近づくためならば多少のリスクを冒すのはやぶさかでない。ときにはそうした臨機応変さが必要な場合もあるのだと経験から知っている。篠宮は、自分は真面目だと自負しているが、決して清廉潔白ではないことも認めていた。

「自首してきたという小迫晋治は組長の息子が子飼いみたいにしている男だ。いまだに世襲が幅を利かす鷲栢組では跡目を継ぐのは息子の鷲栢陸朗と目されている。おそらく小迫はゆくゆく若頭補佐くらいまでにはなるだろう。それだけの力のある男だし、ほかの幹部も陸朗を立てつつうまく制御できるのは小迫以外いないことは認めている。なにしろ陸朗は気分屋で、狂犬みたいに厄介なところがあるからな」

ワインを味わいながら堂島は淡々と喋る。

篠宮も食事をしながら注意深く聞いていた。

「小迫は将来の出世を約束されている代わり、今は坊ちゃんのお守りで常に奔走させられている気の毒な男ってところだな。組長が目をかけているとはいえ、古参の幹部連中からは若造扱いされて軽んじられている。損得考えたら数年の別荘暮らしも無駄じゃないってわけだ」

まるで小迫は最初から刑務所に入る気でいたようなことを言う。

篠宮には理解できない世界だ。もっと突っ込んで聞きたかったが、堂島の独り言を耳にしているだけの立場では聞くに聞けない。たいがい強情だと我ながら思うが、ここで堂島と馴《な》れ合うのは篠宮の矜持が許さなかった。かといって、ここでいきなり捜査権を持ち出すのも不粋だ。

堂島は篠宮の顔をまたちらりと流し見て皮肉げに口角を上げた。

「まぁ、多少辻褄の合わないところがあったとしても、目を瞑って気づかなかったふりをするんだな。頭が切れすぎたり勘がよすぎたりするのも場合によってはトラブルの元だ。俺の知り合いの検事はやたらと正義感が強くて、いざとなったら梃子《てこ》でも動かない意地っ張りでな。妙なことに巻き込まれて痛い目を見る前に一言忠告しておきたいものだ」

そこで堂島は、今度はひたと篠宮の目を真っ向から見据えてきた。

「たまには適当にやれ、ってな。清濁併せ呑むことも世の中必要だ」

「帰る」

篠宮は唐突に立ち上がった。

頭に閃《ひらめ》くものがあり、一刻も早く調書を確かめずにはいられなくなったのだ。

伝票に手を伸ばしかけ、堂島の分も一緒についているのを思い出し、財布から千円札を二枚抜いてテーブルに置く。シャトーマルゴーがグラス一杯いくらか知らないが、シチュー代に色をつけたから堂島もべつに文句は言わないだろう。

堂島は篠宮を引き止めなかった。

店を出てすぐのところに黒塗りの国産高級車が待機しており、運転席に三輪がいた。街灯の明かりが車内を仄暗《ほのぐら》く照らしていて、艶のある黒髪と白皙《はくせき》が見て取れた。

目が合って、三輪のほうからすっと会釈してくる。

篠宮は三輪を見るたびに胸がざわつき、不快になる。何をされたわけでもないのに、嫌だなと思って避けたい気持ちが働く。こんな、やくざらしからぬ綺麗で理知的で物静かな男が片時も堂島の傍を離れずに付き従っているのかと思うと、なんだかもやもやするのだ。

ざらついた気分を噛み締めながら庁舎に戻り、調書を綴《と》じたファイルを捲る。

堂島の話を聞いていてふと頭を過《よ》ぎったことがあった。

110番してきた人物が告げた内容の記録だ。

『袋小路の奥で男二人が喧嘩しているわ。一方が相手をめちゃくちゃに殴り続けていて、かなりやばそう。早く来て！』

女性の声で、これだけ言うと、名前も言わずに切ってしまったらしい。

特におかしな点はないので読み流していたが、この女性はかなりしっかり騒動の様子を見ていたのではないかと、あらためて思った。

警察は通報してきた女性について何も調べていないようだ。事件の二日後には小迫が自首してきて罪を認め、自供内容が事実関係と合致するので間違いないと判断し、所轄署は捜査を終了している。もっともな流れだ。通報者を捜して話を聞こうと考える理由は、この場合どこにもない。

それでも篠宮は念のため確認したいと思った。

所轄署に連絡を入れ、通報がどこからどうやって行われたのか、調査を要請する。

結果はわかり次第携帯電話に報《しら》せてくれるよう頼んだ。篠宮も今夜はもうこれで引き揚げることにする。

篠宮が一人で住んでいる自宅マンションは日本橋《にほんばし》にある。昔は繊維会社がいくつもあったそうだが、この数年来マンション建設が盛んな場所だ。

事件のあった新宿とはまるっきり方向違いだが、篠宮は帰る前にどうしても現場を見ておきたくて歌舞伎町に向かった。

日曜の夜でも眠らない繁華街は多くの人出があり、華やかで騒々しい。

来慣れない篠宮は誰かと擦れ違いざまにぶつからないように歩くだけで一苦労だ。

地図は頭に入れているものの、雑居ビルがひしめくように建ち、色とりどりのネオンが溢れた道を辿《たど》っているうちに、自分が今どの辺りにいるのか見失いそうになる。

まず、被害者のサラリーマンが足取りも覚束なくなるほど酔っぱらうまで飲んでいたというスナックを探し当て、そこから小迫が肩をぶつけられたという地点に向かってみる。

一方通行のごちゃごちゃした通りだ。車一台通るのがやっとという狭さの道に、西洋風のアンティークなデザインの街灯がぽつんぽつんと立っている。ペンキが剥がれてところどころ錆《さ》びた古い街灯だ。

通りにはキャバクラや麻雀店、焼肉店やラーメン屋などが肩を寄せ合うように並んでおり、中にはカジノと看板に記された店まであった。

大きなビルはこの通り沿いには一つしかなく、ほかはすべて二階建てか三階建ての小さくて年季の入った建物ばかりだ。あちこちの店の前に自転車が適当に停められていて、歩きにくいこと甚《はなは》だしい。被害者が誰かにぶつかったとしても無理ない状況だ。

ここで被害者は小迫と口論になり、酔って勢いづいていた被害者の態度に腹を立てた小迫が、「ちょっと来い！」と引き立てていった先が、建物と建物の隙間になった路地だ。

左手には三階建ての古ビルが奥のほうまで凭れ合うように並んでおり、路地との境にブロック塀が設けられている。塀の上に箱座りしていた野良猫が、篠宮を見た途端、向こう側に飛び降りて逃げていった。

反対側に建っているのはこの辺りで唯一高さのある八階建てビルで、路地に面した壁に嵌め殺しと思《おぼ》しき窓が二階から上の各階に一つずつ並んでいる。いずれもくすんだ色のカーテンが閉じられており、布地越しに明かりが透けた窓がいくつかあるのが見て取れる。このビルはいわゆるラブホテルだ。表に派手な電飾看板が掲げられていた。

路地はラブホテルの敷地らしく、奥に外付けの非常階段がある。この階段を設置するために空けられた縦長の隙間が今回の犯行現場だ。階段までの距離はおよそ二十メートルといったところで、コンクリート敷きになっている。

普段使われていないのが明らかな、吹き溜まりのようなゴミだらけの場所で、幅は二メートル半程度。路地は建物の裏側に回り込むように続いていて、歩いてみるとべつの細い道に出た。先ほど通ってきた一方通行の道と交差する通りだ。こちらも似たり寄ったりの狭くて歩きにくそうな道だった。

騒ぎに気づいて路地の入り口に人が集まりだしたとき、小迫はこちらから逃げたと証言している。そのため、誰も小迫をよく見ておらず、曖昧にしか記憶していなかった。

角に建つホテルの周りをぐるりと歩いて事件現場に戻る。

実際に現場付近の様子を確かめたことで、事件当夜の状況がより鮮明に描けるようになった。

同時に、新たな可能性も浮かんできた。

篠宮はもう一度路地に立ち、ホテルの客室の窓を仰ぎ見た。

三階の窓のカーテンが僅かに開いている。ほかの窓はいずれもぴったり閉ざされたままだ。

その部屋は今は真っ暗で、客がいないようだ。

篠宮はホテルのフロントに行き、対応に出てきた係の女性に検事である旨を告げ、いくつか質問した。

「あぁ、あの騒ぎのときのこと?」

四十代後半と思しき女性は、篠宮の顔をじろじろ見ながら、面倒くさそうに答える。

「ここの客室は全部で二十八室だけど、あのときお客さんが入っていたのは十部屋だったよ」

「その十部屋、何号室だったか教えてください」

女性はぶつぶつ文句を言いながらも、売上明細表の控えを捲って調べてくれた。

「こんなこと聞いてどうするつもり？　言っとくけど、宿帳みたいなものはないよ」

「事件のあった路地が見下ろせる窓のある部屋は各階何号室ですか？」

篠宮は女性の質問には取り合わずに聞いた。

「末尾に3がつく部屋だけど」

売上明細表を見てみると、事件当夜該当する部屋で使用されていたのは三階の303号室だけだ。

カーテンの件と併せて考え、篠宮は自分の想像が当たっているかもしれないと思った。追及してみる価値はありそうだ。

「ここにいた客は泊まりだったんですか？」

「休憩だったんじゃないかねぇ。ああ、そうそう」

急に思い出したように女性は手のひらで拳を打った。

「303は救急車が来て騒ぎが大きくなる前に精算して出ていったよ。あの後、みんな一斉にチェックアウトしに来て大変だったんだよ。ったく、もう！　泊まりの予定だった客まで帰っちまうしさ」

すぐ隣で事件が起きて警察まで来たとなっては、おちおち情事に耽《ふけ》っていられる雰囲気ではなくなったのだろう。公になればまずいカップルもいたかもしれない。巻き込まれるのを避けるため、慌てて退散する者が続出したのは無理からぬことだ。

「303の客は、精算はカードで？」

「いや、現金だったね」

「初めて見る人でしたか？」

「前にも何度か来たことあったかも。でも、名前とかは知らない」

それ以上はこれといって役に立ちそうな話は聞けなかった。

篠宮は女性に礼を言い、名刺を渡して、

「何か思い出すことがあったらこちらに連絡してください」

と頼んでホテルをあとにした。

区役所の脇を通って三丁目方向に歩いている途中で、携帯電話に着信があった。

110番通報について調べて折り返すよう依頼していた所轄署の担当者からだ。

「通報は携帯電話からで、電話の所有者は牧野菜実《まきのなみ》、四十二歳。住所は世田谷区《せたがやく》北沢《きたざわ》ですね。どうもありがとう」

篠宮は復唱し、電話を切った。

もしも彼女が303号室の窓から路地を見下ろして通報したのなら、加害者を判別できるかもしれない。それで本当に小迫がやったと確認できればすぐにでも起訴状を作成するが、万一別人となれば、真犯人を捜さなくてはいけない。

篠宮の勘が当たっているのか外れているのか、通報者に確認をとるまでは定かでなかった。

3

「……ちょっと飲んで帰りますので」

庁舎を出て地下鉄の出入り口まで来たところで、篠宮はあとから来ていた山奈事務官に断りを入れ、「お疲れさまでした」と続け、先に行こうとした。

「検事」

篠宮の声がいつもに比べてずっと暗く沈んでいたせいか、山奈は一人先に帰るのが心配になったようだ。

「よろしければご一緒しましょうか？」

普段はめったに飲まないはずの山奈に気を遣われ、篠宮は苦笑して首を振る。

「いえ。実は人と約束していまして」

「そうですか」

それなら、と山奈は僅かながら安堵した様子で目尻を下げる。

本当はほかにも何か言いたそうにしていたが、この場ですぐにはうまく言葉にできなかったらしく、礼儀正しく会釈をすると階段を下りていった。

篠宮の暗鬱《あんうつ》とした表情の原因は小迫の事件だ。山奈も当然知っている。取り調べを開始して三日目になる今日、篠宮はまたしても部長室に呼びつけられた。なぜいまだに起訴せず躊躇っているのか、ときつい口調で問い詰められたのだ。篠宮は、再捜査したところ新しい事実が浮かんできて、小迫は嘘をついている可能性が高くなり、犯人はほかにいると考えられることを説明した。

捜し当てた通報者の女性に小迫の写真を見せたところ、たぶんこの人ではないと思うという答えが返ってきたのだ。暗かったのと恐ろしかったのとでしっかり見たわけではないが、もう少しごつい感じの男で、髪型も違っていたと言う。小迫は丸刈りに近い坊主だ。女性の見た加害者はもっと長い髪だったそうだ。

それに対し、部長の返事はにべもなかった。見間違いだろう、の一言で片づけようとしたのだ。小迫の自供があり、現場の状況と供述が一致している以上は、さらなる捜査の必要はないと苦言を呈された。

篠宮は呆《あき》れ、納得がいきません、と頑なに首を縦に振らなかった。するど部長は顔を赤くして怒りだし、明日までに起訴状を作成しなければ担当を替えると言いだしたのである。明らかにおかしい。おかしいが、部長よりさらに上席の次席検事、ともすると地検トップの検事正まで、この件を速やかに処理するよう気にかけていると匂わされ、強く釘を刺される形になった。

こうなったら、小迫の供述が虚偽だという証拠を掴み、早計な判断は危険だとして猶予《ゆうよ》をもらうしかない。

真犯人の目星はついている。組長の息子、鷲柘陸朗だ。

あれからいろいろと調べた結果、事件のあらましは実際にはこんなふうだったのだろうという推論を立てた。しかし、それを裏付ける証拠がない。周辺でどれほど聞き込みをしてみても、加害者を見たという証言が出てこないのだ。

頼みの綱である通報者の証言にもいくぶん曖昧なところがあり、そこを突っ込まれると簡単にひっくり返されてしまう。そのとき部屋には彼女の相手もいたはずだが、どうやら人に知られては困る関係らしく、相方については頑として話そうとしない。だからこそ、よけいなことに巻き込まれまいと、通報したあと即刻ホテルを出て逃げたのだ。

明日いっぱいまでに解決の糸口を見つけられるだろうか。

篠宮はやるだけやって、だめならそのときはまた部長に嘆願して食い下がろうと決意した。

上からの理不尽な押さえつけに屈するのは嫌だ。信条に反する。

帝国劇場《ていこく》の傍にあるビルの地下に、午前四時まで営業しているバーがある。カクテル中心の洒落《しゃれ》た雰囲気の店で、極端に酔った団体客がいない限り静かで話しやすいため、これまでにも何度か利用したことがあった。

ここで篠宮はジャーナリストの唐澤《からさわ》均史《ひとし》と待ち合わせしていた。

大学四年間を通じての友人で、現在は大手新聞社の社会部所属の記者だ。

唐澤は先に来ていて、篠宮がドアを開けて入っていくなり手を挙げて合図してきた。しばらく会わないうちに口髭《くちひげ》を生やしており、一瞬見間違えかけた。

まだ七時になったばかりで客はまばらだ。ボックス席を占めているのは自分たちだけで、ほかはカウンターに二組いるだけだった。

「よう。久しぶり」

「急に呼び出したりして悪い」

「なぁに、雅葦の顔を見られるだけで俺は嬉しいよ。今日はちょっと元気がなさそうなのが気になるけどさ」

「上司にぎゅうぎゅう締めつけられて凹《へこ》んでるんだ」

「ははぁ」

篠宮が肩を竦めてみせると、唐澤はしたり顔で頷《うなず》いてから、ニヤリと小気味よさげに唇の端を上げた。

「そうは言っても、おまえまだ全然へこたれてないだろ。いきなり俺に会いたいなんて電話してきて、逆に発奮しているのがわかるよ」

「このまま真実をうやむやにして体裁だけ整えるのが我慢できないんだ」

篠宮はぎゅっと唇を噛み締め、続ける。

「上は、暴力団内部で話がついているのなら誰が犯人でもかまわない、要は世間さえ納得させられればいいという考えなんだろうが、俺はそういう馴れ合い的なことは許容できない。いくら相手が反社会的な連中だとしても」

「癒着してるんだよ」

唐澤は低めた声でさらっと言ってナッツを摘まむ。

篠宮はオーダーを取りにきたウエイターにジンをロックで頼んだ。

「おおかたそんなことだろうとは察してたが、やっぱり本当なのか」

「鷲柘組は某大物政治家にパイプがある。その御大は元法務省のお偉方で、おまえのところに顔が利くってわけさ」

「それで、さっさと処理してしまえって圧力かけてきたのか。醜悪な話だな」

苦いものが込み上げ、篠宮は顔を顰《しか》めた。

「おまえ、やくざが特に嫌いだもんな。もちろん俺だって好きじゃないが」

「ああ。嫌いだ」

手元に置かれたオールドファッショングラスの縁を撫でつつ、硬い表情で返事をする。美しいカットが施されたクリスタルがダウンライトの光を受けて上品な輝きを放つ。完璧に透明な球状の氷がジンの海で揺れた。昔は一番苦手な酒だったのに、今では一番よく頼む酒になった。誰の影響かは考えるまでもない。

「やくざは嫌いでも、あいつのことは嫌いじゃないんだろ？」

唐澤は篠宮の顔をじっと見据えて聞いてくる。僅かな表情の変化も見逃すまいとするかのようだ。ただでさえ嘘が苦手な篠宮は返事に詰まった。

「……あいつって？」

苦し紛れにわかりきった質問をして時間を稼ぐ。

堂島のことになると篠宮はしばしば冷静さを保てなくなる。話の流れからして、唐澤が堂島についても触れてくるだろうとは予測していたにもかかわらず、いざとなると構えてしまい、自然な受け答えができなかった。鋭い観察眼と洞察力を持つ唐澤には、篠宮の気持ちが奥深い部分まで見えているのではないかと思えて、ごまかしはいっさい通用しない気がするからだ。

唐澤は篠宮と同じ法学部だったため、二年の夏頃までは篠宮と堂島がよく一緒にいたのを知っている。堂島はどこにいても目立つ男で、入学と同時に注目を浴びていた。学業にもスポーツにも長け、三年になって突如として理系の工学部から文系の経済学部に転学部したときは皆を驚かせた。何かというと話題に上る有名人だったのだ。

そんな男が、卒業後どこでどう道を誤ったのか、はたまた本人の願望どおりだったのか、裏社会に足を踏み入れていると篠宮に最初に教えてくれたのは唐澤だ。篠宮はその頃すでに堂島と疎遠になっていた。堂島とまともに話をしたのは二年後期の授業が始まってしばらく経った頃が最後だ。それ以降堂島は手のひらを返したように篠宮を無視しだし、顔を合わす機会もろくに作ってくれなかった。いったい何が気に障って堂島の態度が豹変《ひょうへん》したのか、今もって篠宮にはわからない。夏期休暇中に父親の会社が人手に渡り、両親が離婚した、というふうに本人の口からは聞かされていたが、それだけが原因というのも腑《ふ》に落ちない。

堂島は最初、極芳会の直参の組のさらに下部組織の企業舎弟だったらしい。並外れた経営手腕と目の付け所や勘のよさ、度胸があって駆け引きやはったりも見事にこなす堂島の名は、あっという間に裏社会で広まり、極芳会の会長の耳にまで届くのに三年とかからなかったと聞く。堂島に興味を持ち、直接会って話をした会長は、その品格ある立ち居振る舞いと剛胆さ、怖れ知らずの野心家ぶりを痛快に感じ、べた惚れして、その場で「儂《わし》のところにこい」と口説いたそうだ。裏社会に知れ渡った逸話だという。

大学卒業以来まるっきり音信不通だった堂島が、四年前、突然また篠宮の前に現れたとき、そのことを唐澤にまで話さずにおくことはできなかった。レストランで食事をしただけだったなら、あるいは黙ったままでいることも可能だったかもしれない。だが、堂島は八年ぶりに会ったその夜、篠宮を力尽くでねじ伏せ、奪ったのだ。

翌日、街で偶然唐澤と擦れ違って声をかけられたとき、とても何事もなかったように取り繕いきれなかった。

唐澤には「堂島と会った」とだけ言ったのだが、聡い彼のことだから、篠宮の尋常でなく青ざめた顔を見て、何かあったのではないかと感じたのではないかと思う。探るようなまなざしを向けられてたいそうばつが悪かったのを覚えている。あのとき唐澤が追及してこなかったのは、聞いても口に出して言えない何かがあったのだと察したからこそだったのではないか。今にしてみればそんな気がする。

「……堂島のことなら、昔の友人としては信じたい部分もあるけれど、やくざのあいつはやっぱり嫌いだし、理解できないよ」

唐澤が、誰のことを話題にしているのか聞くまでもないだろうという顔で黙って先を促すので、篠宮は仕方なく訥々《とつとつ》とした口調で答えた。

「だけど情はある、そうだろ？」

「そ、れは……」

ないと言えば嘘になる。篠宮は戸惑い、言葉を濁した。

「あいつはおまえにめちゃくちゃ執着してるよな。あいつがおまえを見る目には昔から独占欲があった。今じゃそれがもっとエスカレートしてるんじゃないか。想像に難くないよ」

「唐澤。……堂島の話はもうやめよう。それより、鷲栢陸朗について知っていることがあったら詳しく聞かせてくれないか」

「ああ」

唐澤がすんなり引いてくれたので篠宮は張り詰めさせていた気を緩めた。決して立ち入りすぎないのが唐澤のいいところだ。心配はするが過度にお節介は焼かない。その上、いざとなったら頼りになり、恩に着せない。篠宮にはこうした距離の取り方がありがたかった。

ホッとする半面、篠宮は確信に近い感触を抱いて困惑してもいた。

——唐澤は、たぶん気づいている。

篠宮と堂島が会うのは、ただ酒を酌《く》み交わすためでも食事をするためでも、ましてや話をするためなどではないことを。

爛れた関係にあることを想像されているのかと思うと、羞恥に頬が熱くなる。

篠宮は唐澤の顔をまともに見られなくなり、俯きがちになって睫毛《まつげ》を伏せた。

「鷲柘陸朗は現組長の一人息子で、三代目を継ぐと目されているんだが、これがどうしようもないどら息子でな」

情報通のジャーナリストの顔になって、唐澤が語りだす。

篠宮は懐から手帳を出し、メモを取りながら一言一句洩らさず聞く構えをとった。

「総勢五千人からなる鷲柘組を将来率いていくにふさわしい器かどうか疑問視する幹部連中も少なくないようだ。まぁ、とはいえ、二代目まで世襲できているから、次も慣例に従ってという声のほうが大きいし、昨今は法や警察の抑止力が強くてへたに争いなど起こせば組自体が存亡の危機に直面することになりかねない。最高幹部を古参で固め、結束を図れば、頭が多少無茶をしても組の存続に支障はないだろう。あえて言えば、若造のくせに幹部に名を連ねる小迫に反発する者はいるかもしれないが、小迫自身に勲功《くんこう》があればそれも問題ではなくなる」

「それで、小迫が陸朗の身代わりになって罪を被ったって言うのか？」

「たいして珍しいことじゃない。そうすることで小迫には手っ取り早く箔がつく。次期組長に恩も売れる。それにな」

唐澤はいっそう声を潜め、テーブルに身を乗り出して篠宮に顔を近づける。

「あのとき陸朗はたぶんやってたんだよ」

「何を？」

咄嗟《とっさ》に呑み込めず、篠宮は眉根を寄せた。

『コカイン』と唐澤の唇が動く。

篠宮は目を見開き、すぐに思い至らなかった自分を詰《なじ》りたくなった。

なるほど、そういうわけか。それなら確かに身代わりを立てざるを得なかったのも道理だ。

「鷲栢組の主な資金源が賭博と麻薬だってのは知ってるだろ。昔から悪いことはひととおりやってきた陸朗も、親父の監視の目が厳しくてヤクにだけは手を出していなかったはずなんだが、どうも最近、六本木《ろっぽんぎ》や麻布《あざぶ》のクラブでおかしな言動をして騒いでいるところを何度か目撃されてるらしい。中東《ちゅうとう》系の密売グループの連中と知り合いになって、ついにやっちまったらしい。」

「なら、あのときも事件を起こす前まではそうした連中の誰かと一緒だった可能性があるな」

「おそらく一人じゃなかったはずだが、証言するやつはいないだろう。店も名乗り出るわけがない。歌舞伎町界隈には鷲栢組のシマが多いんだ。あらゆる方面に箝口令《かんこうれい》が敷かれていると考えたほうがいい」

「くそっ」

篠宮が思わず舌打ちすると、唐澤はらしくないなという目を向けてきた。

「被害者は相変わらず意識不明のままだし、小迫は都合の悪いことが出てくると『酔っていたので記憶が曖昧』『覚えていない』とのらりくらりだ」

その上、上からは早く起訴しろと矢のような催促。八方塞《ふさ》がりで苛立ちばかりが募《つの》る。

「どうあっても雅葦は鷲柘組の書いた筋書きどおりには事を運びたくないわけか」

「当たり前だろう」

「雅葦のほうが正しいのは百も承知で言うが、そうなんでもかんでも杓子定規《しゃくしじょうぎ》にやっていたら思いもよらぬところに軋轢《あつれき》を生んで、結果おまえ自身が損をすることになりかねないぞ。俺はそれが心配だ」

「きみの口からそんな言葉を聞くとは思わなかった」

少なからず失望を感じ、篠宮は唐澤を睨《にら》んで言った。

唐澤は複雑な表情を浮かべ、篠宮を穏やかに見つめ返す。

「俺は昔からこういう男だよ。人並みに損得勘定するし、自分が一番かわいい。正しくないとわかっていても上の命令に逆らいきれずに押し黙ることもたくさんあった。俺からしたら、雅葦のほうが特別だ。いくつになっても清冽《せいれつ》で純粋な気持ちを持ち続けているんだからな。おまえが眩《まぶ》しいし、すごいと思う。きっと、あいつは俺以上にそう感じて、おまえに執着し続けてるんだろうな」

「また堂島の話か」

篠宮はうんざりしたふりをしてみせたが、内心、息苦しくなりそうなほど胸をざわめかせていた。堂島の名が出ると無視しきれずに反応してしまう。

「堂島のことは今関係ない」

感情を殺してできるだけそっけなく言う。

だが、唐澤は納得せずに突っ込んできた。

「関係ない？　本当にそうか？」

「どういう意味だ」

篠宮は漠然とした不安に駆られて問い返す。自分自身わからずにいることを唐澤に指摘されたらと思うと、聞くのが怖くもあった。

「俺は、おまえが真っ直ぐな生き方をすることに拘るのは、堂島に、自分は何があっても屈しないと示したいからだと思っていた。もちろん、もともとおまえはそういう人間なんだろうが、俺にはおまえも堂島をひどく意識しているように感じられてならないんだ」

「堂島とは中学の頃から付き合いがあったから、それは、気にかかるが……」

さすがに完全に否定することはできず、篠宮は歯切れの悪い受け答えをする。

その頃から堂島を意識し、強く惹《ひ》かれていたのは事実だ。当の堂島にさえ気づかせないように気持ちを抑えてきたつもりだが、そう思っていたのは篠宮だけで、周囲は薄々感づいていたのかもしれない。

だから、再会したとき堂島は、遠慮なしに篠宮を押し倒して抱き、まるっきり悪びれなかったのではないか。そんなふうにも考えられる。

言い淀んで唇を閉じてしまった篠宮に、唐澤は苦い思いを滲ませたような溜息をつく。

「まったく、堂島一威は厄介な男だな」

表層だけ捉えてもまさにそのとおりだが、篠宮には、唐澤はもっとほかに意味を持たせて言ったように聞こえた。いまだに堂島を切り捨てられない篠宮に呆れ、あるいは哀れんでの発言だったのかもしれない。

「で、明日も自分の足を使って証言してくれる人を捜すのか?」

「もちろんだ」

篠宮は迷わず頷く。

明日、起訴状の提出をぎりぎりまで遅らせ、粘ってみる。最後の足掻きだ。何もせずに上席者の言いなりになるのは、検事としての矜持が許さなかった。

「気をつけろよ」

唐澤は真剣な表情で篠宮に忠告する。

「小迫の起訴を渋り、所轄署に協力を求めてあちこち再捜査して回っている検事がおまえだということは鷲栢組にも知られている。向こうは警戒して動向を見張っているはずだ。政治家を通じての圧力にも屈しないとわかれば、強硬手段も辞さないかもしれないぞ。なんといっても相手はそれが本業だからな。今後は常に誰かと行動を共にしろ。夜道はなるべく一人で歩くな。いいな、くれぐれも連中を甘く見るなよ」

「わかった。ありがとう」

篠宮は神妙に答え、グラスの底に残るジンを飲み干した。

＊

唐澤と一杯飲んで別れた篠宮は、まっすぐ自宅に戻るべく、最寄りの駅で地下鉄を降りた。

ウイークデーの日中はオフィス街らしく賑《にぎ》わうが、週末や祝日、平日でも夜間になると途端に人通りが減り、深閑とする。篠宮のマンションはそうした場所に建っている。

その晩も、地上に出てマンションへの道を歩いている間に擦れ違ったのは、近所の居酒屋で食事をして帰る途中と思しきサラリーマンの二人連れだけだった。

駅から自宅まではゆっくり歩いても七分程度で、篠宮にとっては慣れた道である。

大きな通りと交差する一方通行の道は、夜はめったに車は通らない。

春物のトレンチコートのポケットに手を突っ込み、篠宮は明日はどこをどう調べるべきかと思案しながら歩いていた。

考え事にばかり意識を向けていて、周囲の様子には無頓着《むとんちゃく》だったかもしれない。

路上駐車されたワゴン車の横を通り過ぎ、植え込みに設置された常夜灯だけが点いたオフィスビルに差しかかる。

篠宮のマンションはもうワンブロック先だ。

遠目にエントランスの明かりが見え、ホッと一息ついたときだった。

背後でいきなりエンジンをかける音がする。

人が車内にいたのか、と篠宮は反射的に首を回して後ろを見た。

その途端、ワゴン車は篠宮にスポットライトを浴びせるかのごとくヘッドライトをハイビームにした。

眩しさに目がくらむ。

思わず腕を上げて視界を遮《さえぎ》った篠宮は、こちらに向かって徐行してきたワゴン車を避けるため、道の端に寄った。わざわざそんなふうにしなくても道幅は十分確保されているのだが、歩道のない道でいつもする習慣で体が動いていた。

立ち止まって、車を先に行かせるつもりだったが、ワゴン車はまるで吸い寄せられるように篠宮のほうに向かってくる。

えっ、とわけのわからなさに戸惑ったのと、車がいっきにアクセルを踏み込んで急加速してきたのとがほぼ同時だった。

ハイビームにされたままのライトが篠宮の全身を強烈な光で包み込み、何も見えなくする。

エンジンの音が恐ろしい唸《うな》り声のように耳朶を打った。

明らかな敵意を持って突進してくるワゴン車を前に、篠宮の体は恐怖で竦み、石化したように動かなくなった。

車体が視界いっぱいに迫る。

——撥ねられる！

恐ろしさのあまり固く目を瞑った次の瞬間、体が薙《な》ぎ倒されるようにふっ飛んでいた。

ドカッと派手な衝撃音を立て、車が植え込みを囲ったコンクリートに激突する。

篠宮はそれを俯せになって耳にした。

タイヤを軋ませて荒っぽく車体をバックさせたワゴン車は、体勢を立て直すや、あっという間にその場を逃げ去った。

助かった……！

緊張の糸が切れ、安堵が湧いてくる。

自分の身に何が起き、どうやって助かったのか確かめる余裕が出てきたのはそれからだ。

「大丈夫か」

すぐ傍で聞き慣れた男の声がして、篠宮はギョッとした。

一人で倒れたのではなかった。

篠宮を庇《かば》うように男が覆い被さっている。

危ないところを救ってくれたのが堂島だと知って驚きときまりの悪さが込み上げ、篠宮は慌てて身を起こした。

「堂島！」

どこにも怪我はないが、突き飛ばされるようにして石張りのファサードに全身を打ちつけたため、節々が痛む。加えて精神的なショックも残ったままで、動作がぎこちなくなる。

「ほら、立て」

差し出された腕を拒む気にはならず、篠宮は躊躇いがちに堂島の手に掴まった。

ぐいと力強く引っ張られ、よろけながら立ち上がる。

なんとか自分の足で立つと、急に恥ずかしさや腑甲斐なさが押し寄せてきて、篠宮は一、二歩後退って堂島から離れた。

「……あ、りがとう……、助かった」

辿々《たどたど》しく礼を言う。こういうシチュエーションは初めてで、どんな顔をすればいいかわからない。無性に心地が悪かった。

俯いて、気まずさを紛らわすために少し乱れた髪を掻き上げる。

「おまえはまったく忠告し甲斐のないやつだな、雅葦」

深々とした溜息をつき、堂島は詰るように言った。

つい一時間ほど前も、唐澤に「気をつけろ」と心配されたばかりだ。

「まさか、本当に襲撃されるとは思わなかった」

篠宮は正直に答えた。

あらためて恐怖がぶり返してきた。唇の震えを見つからないうちに止めようと、必死に噛み締める。

堂島は厳しい口調で続けた。

「馬鹿か、おまえは。相手は普通の連中とは違うんだぞ。さっきのは脅しで、殺す気まではなかったようだが、一歩間違えば大怪我していたところだ」

「わか……ってる」

声が上擦り、情けなさのあまりますます顔を上げられなくなる。

「ふん。本当にわかっているのかどうか、あやしいものだ」

堂島は冷淡に言って、篠宮のほうに近づいてきた。

視線を落としていた篠宮は、ふと、堂島が僅かに左足を引きずって歩いているのに気がつき、思わず堂島を仰ぎ見た。

「足、どうかしたのか?」

「なんでもない」

即座に煩《わずら》わしげに流される。

なんでもないなどとうてい信じられない。篠宮はさっき庇ってもらったときに植え込みの角にぶつけたか、捻ったか、もしくは車体に当たったかしたのだと思い、放っておけなくなった。すぐ傍に篠宮の部屋がある。まだ一度も堂島を上げたことはないし、今後もその予定はなかったが、四の五の言っていられる段階ではなかった。このまま帰らせるわけにはいかない。気になるし、後々まで悔やみそうだ。

「部屋に来てくれたら、簡単な手当てくらいできる」

「必要ない」

勇気を出して言ったのに、堂島の返事はにべもない。

弱みを晒すのが死ぬほど嫌いな男なのだ。意地っ張りで、どうしようもない強情者で、篠宮は昔からどれだけ歯噛みさせられたかしれない。堂島の家庭に突然変化が訪れた際にも堂島は篠宮にさえ詳しいことは教えてくれなかった。同情されたくない、人を頼りたくない、今は誰も信じたくないのだと、苦々しげに言っていたのを思い出す。

あのとき、腫れ物に触る心地で、どうしていいかわからず深入りを避けたことを、篠宮は今でも後悔している。堂島が変わったのは、家族がばらばらになった一件に根ざしているのではないかと思えてならないからだ。

負けん気の強い篠宮は、堂島が頑なになればなるほど自分も意地になった。

「じゃあ、もういい、勝手にしろ」

わざと匙《さじ》を投げてから、篠宮は堂島の肩に手をかけ、大胆に凭《もた》れかかった。

「おい。なんのまねだ」

堂島が尖った声を出す。怒っているというより、戸惑っているようだ。篠宮のほうからこんなふうに近づくことなど普段ならあり得ない。堂島もそれを承知しており、何事かと訝しんでいるのがわかる。

「どこか具合が悪いのか？」

堂島は篠宮を邪険に押しのけたりはせず、突《つ》っ慳貪《けんどん》な調子ではあったが体を案じてくれた。

「……迷惑のかけついでに部屋の前まで連れていってくれないか」

チッ、と堂島は舌打ちし、仕方ないとばかりに篠宮に肩を貸してくれたまま歩きだす。

やはり左足を庇っている。

篠宮は堂島に負担をかけないよう、肩に軽く手を預けるだけにした。

付近に三輪を待たせているのではと思って周囲に目をやると、案の定、斜向かいのビルの角にいつもの黒塗りの国産高級車が停まっているのを見つけた。ちらりと車体の後部を確認しただけだが、ナンバープレートからして間違いない。

三輪がバックミラー越しにこちらの様子を窺っている気がして、篠宮は堂島の陰に隠れるようにしてブロックとブロックの間の道を渡った。三輪に堂島と一緒のところを見られたくなかった。三輪が篠宮をどう思っているのか、考えるのも嫌だ。どう転んでも篠宮にいい感情は持っていないだろう。物静かで冷たげな美貌の下で何を考えているのかちらりとも悟らせないところなど、得体が知れなさすぎて堂島より恐ろしい。

マンションはもう目の前だ。

エントランスを潜り、来客用の応接セットが何組か据えられた広いロビーを横切ってエレベータホールに行く。

堂島はちゃんと部屋まで送り届けてくれるつもりのようだ。

「きみはなぜここにいた？」

遅ればせながら聞いてみる。お陰で助かったが、あとを尾けまわされたり、待ち伏せされたりするのは気持ちのいいものではない。

「たまたまだ」

とうてい信じられないが、追及しても無駄なのは明白で、篠宮は諦めた。人のことはなんでも知っていなければ気がすまないくせに、自分のことは何一つ教えない。狡《ずる》い男だ。

初めて招き入れたにもかかわらず、堂島はマンション内の各部屋の位置関係を把握しているらしく、篠宮が動くより先に迷いのない足取りで廊下を折れて進み、篠宮の借りている部屋の前に着く。

「上がっていってくれないか。お礼にコーヒーでも淹れる」

「俺は紅茶派だ」

「ティーバッグでよければ」

珍しく堂島は返事を迷う間を作った。

鉄製の重い玄関ドアを開け、先に体半分中に入れた状態で、篠宮は堂島を揶揄する。

「外に大事な部下を待たせているのが気になるなら、無理にとは言わないが」

その一言が堂島をムッとさせたようだ。

篠宮を奥に押しやり、ずいと玄関ホールに踏み込んでくる。

ムキになるとぶっきらぼうな態度になるところは相変わらずだ。

「五分だけだ」

堂島は案内も乞わずに勝手のわかった様子でリビングに向かう。

「まさか、ここにも無断で入り込んだことがあるわけじゃないだろうな」

相手が相手なだけにそのくらいやりかねない気がして、疑いをぶつけてみる。

堂島は「ふん」と馬鹿にしたように鼻を鳴らしただけで答えず、ソファに腰を下ろす。まるで自分の部屋のような厚かましさだ。篠宮は早くも、堂島を部屋に招いたことを後悔しそうになった。怪我の状態を確かめずにはいられなかったとはいえ、また一つ自分のほうが譲らされて負けた気分だ。

ここにいられる時間は五分だと釘を刺されたので、悠長にお茶など淹れるより先に怪我の手当てだと思い、救急箱を取ってきて堂島の足元に膝を突いて屈《かが》んだ。

「どうせこんなことだろうと思った」

堂島は端から篠宮の目的をわかった上で部屋までついてきたらしく、篠宮がズボンの裾を捲っても文句は言わない。

天井を振り仰いで左腕を大きく伸ばして背凭れに載せ、右手でネクタイを緩める。無造作なしぐさの中に男の色香が匂い立つのを感じ、篠宮はたまたま堂島を見やった視線をしばらくそのまま釘付けにした。

心臓が鼓動を速める。

見つめていたのは僅かな間だけで、すぐに気を取り直して足に注意を戻す。

靴下を穿《は》いていても腫れているのがはっきりわかったが、直に確かめて、打撲《だぼく》の酷さに息を呑んだ。

「これ……折れてるんじゃないのか？」

触るのも躊躇われるほどの痛々しさに、篠宮は申し訳なさでいっぱいになる。

「折れてはいない。せいぜい捻挫《ねんざ》くらいだろう」

堂島はたいしたことではないようにさらっと言う。

「ごめん」

自分のせいだ。篠宮はどう詫《わ》びればいいのか、それ以外にうまく言葉が見つからず、ただ深く項垂れた。

「氷、あるか？　あれば水を張ったバケツに入れて持ってきてくれ」

不慣れな事態に動揺した篠宮に対し、堂島は落ち着き払っている。眉一つ動かさないで痛そうな素振りはいっさい見せない。

篠宮は言われたとおり、バケツに氷水を入れて運んできた。

その間に堂島はズボンを膝の上まで捲り上げ、靴下を脱いで裸足になっていた。さらに、携帯電話でどこかに連絡を入れており、篠宮が戻ってくるのを横目で見ると、「頼んだぞ」と告げて切った。

「湿布もあるけど」

「こっちのほうが応急処置として的確だ。覚えとけ」

篠宮は何も言い返せず、堂島がバケツに足を入れて患部を冷やすのを見守った。五分などとうに過ぎていたが、わざわざ口にするのも不粋だと思い、失念しているふうを装う。

「おまえ、俺の忠告を無視して鷲栢陸朗のことを嗅ぎ回っているそうだな？」

しばらく続いていた沈黙を破り、堂島が凄みを帯びた声で追及してくる。

そもそも堂島はこれが言いたくてここに来たのだろう。

篠宮はぐっと奥歯を噛み、強い意思を宿したまなざしを堂島に向けた。

「力尽くで理不尽なことを強いられるのはごめんだ。権力でも暴力でも」

「三十四、五にもなってまだそんな青臭いことを言うのか。嗤わせるな」

「嗤いたければ嗤え。俺はきみとは違う」

篠宮が真っ向から堂島を睨むと、堂島も鋭い目で見返してくる。

「懲りないやつめ」

堂島は苦虫を噛み潰したような顔になり、唇を歪ませて悪態をついた。

「どうしても手を引かないつもりなら、おまえを攫《さら》って監禁するぞ」

「それより先に俺は担当を外される。そしてたぶん、北海道《ほっかいどう》か沖縄《おきなわ》あたりにでも飛ばされて、二度とこっちには呼び戻してもらえないだろう」

「わかっているならさっさと上の言うとおりにしろ」

「嫌だ。できない」

期限を明日までと切られ、このままではどうがんばっても小迫の供述をひっくり返し、陸朗を逮捕するのは難しいと十中八九わかっていても、最後まで信念を貫かなければ後悔する。

篠宮はきっぱりと言い張って、椅子代わりにしていたオットマンから腰を上げた。

「どこに行く。逃げる気か」

「まさか。ここは俺の自宅だ」

気持ちを落ち着かせるために紅茶を淹れに立ったのだ。

対面式のキッチンに向かった篠宮を堂島は忌々《いまいま》しそうな顔つきで見送った。

電気ケトルで湯を沸かしながら、篠宮は堂島のすることを見ていた。十五分ほど氷水につけていた足を引き上げ、バスタオルで水気を拭き取る。足の腫れが少しは引いたようだ。とりあえずホッとする。

「明日にでも医者に診せたほうがいい」

本気で心配し、親切心で言ったのだが、堂島は、

「おまえが俺に指図するな」

と、とりつく島もない。

自分は命令してばかりのくせに、と腹立たしかった。

ティーバッグで淹れたアールグレーのマグカップを堂島に差し出す。

「飲んだら帰ってくれ。俺は今からまた調書を洗い直す。何がなんでも明日いっぱいまでに突破口を見つけ出す」

「できないときは左遷か」

「ああ」

そうなれば、いよいよ堂島とも縁が切れるだろう。

口では願ってもないことだと喜んでみせても、内心、寂しくなるなと思う気持ちがあるのを否めない。

堂島はそれ以上は何も言わず、まんざらでもなさそうに紅茶を味わいながら飲んでいた。ズボンは元通りに戻されていて、靴下も穿いている。傍目には何事もなかったかのようだ。

「……本当に、すまなかった。ありがとう、一威」

悪かったという気持ちが篠宮に、堂島のことをほぼ十五年ぶりに一威と呼ばせていた。

玄関ホールで靴を履いたところだった堂島は目を眇《すが》め、篠宮を睨むように一瞥すると、黙ったままドアを開けて出ていった。

篠宮は下まで見送るつもりでいたのだが、堂島の背中が、ここでいい、と篠宮を拒絶しているようだったので、遠慮することにした。

部屋まで来たのに、堂島は篠宮に指一本触れなかった。

怪我のせいとも思えず、篠宮は自分でも意外なくらい拍子抜けし、もっと正直に言えば、がっかりしていることに気がついた。

いつもなら、フェラチオぐらい強要したはずだ。

「そろそろ……飽きられたかな」

わざと強がって呟いてみるが、それが虚勢に過ぎないのは篠宮自身が一番よく知っていた。

＊

翌朝、ほとんど寝ずに登庁した篠宮を待っていたのは、意外な報せだった。

「小迫にアリバイがある可能性が出てきた？　本当ですか！」

「はい。今朝、新宿署のほうに匿名の電話がかかってきたそうです。十六日の深夜から朝方まで小迫は川崎《かわさき》に住む女性のマンションにいたはずだから調べてみろという内容で、現在担当の刑事さんたちが確認中とのことです」

ここにきていきなりの展開に、篠宮はにわかには信じ難い気持ちだった。山奈事務官の顔をまじまじと見据えてしまう。

事件当夜、小迫にはっきりしたアリバイがあったとすれば、供述は完全に覆り、再捜査することになる。上層部も起訴は見送るしかないと判断せざるを得ない。きちんと真犯人を罪に問うことができる。

篠宮は喝采《かっさい》を上げたくなった。

間違っていると自分は確信している事件を、上からの圧力に屈して一部の人間の都合がいいように描き変えて処理するなど、最も嫌悪することだ。

突破口を開いてくれた善意のタレコミに心から感謝する。

「その女性というのは、いわゆる小迫の……？」

「恋人のようです。名の知れた企業に勤める堅気の女性だそうで、周辺にばれないよう内密に付き合っていたものと思われます」

「小迫の周辺からもそういった話は出てきませんでしたが」

「高校時代からの知り合いらしいですよ。当時は鷲栖陸朗と付き合っていたという話もあるようなので、もしかすると、そのへんのしがらみから小迫はその女性との付き合いを慎重に行っていたのかもしれません」

「万一、陸朗の耳に入ったら何をされるかわからないと危惧したでしょうね」

篠宮は眉間に皺を寄せて考え込んだ。

「果たして認めますかね。小迫は恋人に厳しく口止めしているのではないですか」

「おそらくその線からは難しいかと。警察はマンションの防犯カメラを調べたり、周辺に聞き込みをかけたりして証拠固めをするつもりのようです」

どちらにせよ、結果待ちだ。

「部長はもうこのことをご存じですか？」

「おそらく」

山奈が答えた端から内線電話が鳴りだした。

部長からだ。『ちょっと部屋に来てくれ』と不機嫌そうな声で言われる。

篠宮は山奈と顔を見合わせ、ふっと唇を綻ばせた。

「これで部長もごり押しはできなくなったわけですね」

「なんとか首が繋がりそうです」

北海道や沖縄に行かされたとしても検事を辞めるつもりはないが、今すぐ異動となると決意が鈍るのは確かだ。

このまま堂島とまた疎遠になるのは心残りがある。会えば憎まれ口ばかり叩いてしまうが、関係が切れてしまうと思うと、やはり寂しい。なんのかんのと言っても、結局、堂島を完全に嫌いにはなれないのだ。だからこそ篠宮は四年間、悩み続けてきた。

昨晩の怪我は大丈夫だったのだろうか。本当に捻挫しただけだったのか。

ひとたび堂島のことを頭に浮かべると、次から次へと思考がそちらに向かいだす。

部長は苦虫を噛み潰したような渋面で篠宮と向き合い、事情が変わったので起訴するかしないか慎重に判断してくれ、と昨日までの態度を一転させた。

すでに警察が証拠固めに動いており、メディアもいち早く新たな動向を察知しているとのことで、ごり押しするわけにはいかなかったらしい。

篠宮は山奈に留守を任せ、新宿署に出向いた。居ても立ってもいられない心地だったのだ。

マンションの防犯カメラの映像はすでにチェックされており、篠宮も見せてもらった。

「午前零時五分、ここです」

エントランスを潜っていく男が映っている。

野球帽を被っているためツバに隠れて目元は見えないが、頬から顎にかけてのラインや体つきからして小迫に間違いなさそうだ。

エレベータ内部を映したべつの防犯カメラの映像から、小迫と思しき男が六階で降りたこともわかっている。６０２号室に住む一人暮らしの女性が小迫と関係があることもすでに調べがついており、言い逃れをする余地はない。

男がマンションを出たのは午前六時過ぎで、これにより、歌舞伎町で事件が起きたとき小迫はずっとこのマンションにいたというアリバイが成立する。

「近隣の住民に小迫の写真を見せて聞き込みしたところ、早朝にゴミ出ししていた主婦が、マンションから出てきた男を目撃していて、写真の人物に間違いないと証言しました。捜査は振り出しに戻ってやり直しですな」

新宿署捜査一課の係長が胡麻塩《ごましお》頭を掻きながら面目なさそうに言う。

ここまで調べがついていれば、小迫も偽証を認めるしかないだろう。あとは真犯人の逮捕だ。小迫が簡単に口を割るとは考えられないため、証拠固めに手間取るかもしれない。しかし、こうなった以上、警察も威信をかけて徹底した捜査をするはずだ。うまくすると鷲柘組が関わっている麻薬の密売ルートを解明する手がかりになる可能性もある事件だ。

篠宮は情報提供した人物についても聞いてみた。気になって、確かめずにはいられなかった。

「落ち着き払った男性の声で、一課の刑事宛に直接電話をかけてきて、言うだけ言うとすぐに切ってしまったんですよ」

もしかして、という憶測が篠宮の脳裡を掠めた。

このタイミングで、これまでの状況を覆すような新事実がもたらされたことを偶然で片づけるのは、いささか都合がよすぎるように思う。

署を出た篠宮は携帯電話の着信履歴を開いて、しばらく逡巡《しゅんじゅん》した。

この四年間、自分からは一度もかけたことのない番号を見つめる。

怪我の具合はどうかと確かめるだけだ……べつに不自然なことではない。自分を助けるために堂島は怪我を負ったのだから、人として気にするのは当たり前だ。

自分自身に言い聞かせ、勇気を出して発信ボタンを押す。

『どういう風の吹き回しだ？』

開口一番に堂島は篠宮を冷やかし、篠宮があれこれ言い訳する前に『足のことなら、軽い捻挫で三日もすれば治りそうだ』と先回りする。

怪我のことにはもうこれ以上触れさせないとばかりだ。

さらに、『で？』と振られ、篠宮は一瞬言葉に詰まった。

「……まだ当分、東京《とうきょう》勤務のままになるかもしれない」

仕方なくそんなふうに遠回しに事件に進展があったことを伝える。昨晩、堂島が篠宮の進退を気にかけていたようだったので、いちおう言っておこうと思った。

『ほう。新事実でも浮かんできたか』

篠宮には堂島が何もかも承知の上で惚《とぼ》けている気がしてならなかった。

「もしかして、きみじゃないのか」

『なんのことだ』

やはり知っているな――篠宮は堂島の問い返しを聞いて、自分の勘が間違っていなかったことを確信した。

篠宮はすっと息を吸い込み、いっきに言った。

「事件当夜、小迫が本当はどこで何をしていたのか調べさせ、警察に報せたのはきみだな」

『だったらなんだ』

堂島は否定せず、面白そうな口調で受け答えする。篠宮がどう反応するのか試しているかのようだった。

「正直、複雑な気分だ。まさかきみが協力してくれるとは思わなかった」

珍しく篠宮は素直な気持ちを吐露する。実際、戸惑っていた。

「礼を言うべきなんだろうな」

『それなら、今夜俺に付き合え。迎えをやる』

嫌と突っ撥ねにくい話の流れで、篠宮は「わかった」と呑むしかなかった。

堂島に会うと心が乱される。できれば会いたくないと思う一方、そんなに堂島の存在が負担なら、完全に縁を切ってしまえばいいと囁く理性の声に従うのも躊躇われる。

検察庁に戻ると、篠宮が移動していた間にも事件はさらなる展開を迎えていた。

「小迫が供述した逃走経路とはべつの道筋にあるコンビニエンスストアの防犯カメラに、店の前を横切っていく鷲柘陸朗が映っていたことがわかったそうです。時間もぴったり合っています。新宿署は鷲柘陸朗を任意で出頭させ、どこで何をしていたのか追及するようです」

いよいよ陸朗に手が届いた。

報告を受けた篠宮は、ここからが正念場だと気を引き締め直す。

「もう一つ朗報があります」

山奈が顔を綻ばせて続ける。

「被害者、横山浩樹《よこやまひろき》さんの意識が今し方戻ったとのことです。これから事情聴取を行うそうです。横山さんが相手の顔を覚えていらっしゃれば事件はいっきに解決ですね」

「今度は真犯人を取り調べられそうで一安心です」

午後四時半、鷲柘陸朗を逮捕したとの連絡があった。

鷲柘陸朗の取り調べも篠宮が引き続き担当すると決まった。

小迫晋治に対しては、あらためて偽証罪を問うことになるだろう。

4

三輪の運転する車で連れていかれた先は、文京《ぶんきょう》区の高台に広大な敷地面積を有して建つホテルだ。緑の森に囲まれた庭園部は、明治《めいじ》期に当時東京で高い評価を受けていた庭師の手によるもので、天然林を生かした名園として知られている。

今までの傾向からすると、堂島は高層ビル型のホテルを使うことが多かったので、今夜の選択はちょっと意外だった。

細い腕でステアリングを握り、混雑した都内を脇道にうまく逃げながらするすると抜けて目的地まで着ける三輪の運転技術は優雅と称えるしかない。無表情に取り澄ました三輪にはとりつく島もなく、篠宮は後部座席に座っている間、一言も話しかけなかった。

車寄せに着くと、ホテルのスタッフがドアを開けてくれた。

三輪もエンジンをかけたまま運転席から降りてくる。入れ違いにスタッフの一人が乗り込み、駐車場に回すようだ。

「こちらです」

篠宮は三輪に促され、エントランスフロアを横切った。

すっと背筋を伸ばして歩く三輪のあとをついていく。

エレベータで五階に上がり、廊下を奥まで進む。

三輪がノックした部屋は、ほかの客室とは異なり、廊下から畳一畳分ほど奥まった位置にドアが設けられた特別室だ。

内側からドアが開く。

開けたのはスーツを着た体格のいい男だ。一目でボディガードだなとわかる身のこなしをしている。

篠宮はいつもと違う感触を受けて眉根を寄せた。堂島が篠宮を呼びつけたとき、三輪以外の人間を部屋に伴うことは今まで一度もなかった。

訝りながら室内に足を踏み入れた篠宮は、そこに初めて顔を合わせる初老の男がいることに気がつき、全身を緊張させた。

極芳会の会長、芳村馨《かおる》だ。

羽織りと長着を襟を正して身に着けた、品格を感じさせる穏やかそうな人物だ。どちらかといえば小柄だが、只者ではないオーラを放っている。隙のない目つきで篠宮を一瞥し、対面に座した堂島にちらりと視線を向ける。それだけの動作にも恐ろしさを感じるほどの貫禄があって、息をするのも憚《はばか》られた。

「その男が、おまえが可愛がっているやつか」

声音は意外に柔らかく、こちらを威圧する感じはない。それにもかかわらず、押し出しが強くて気安く会話するのが憚られる雰囲気で、自然としゃちほこばってしまう。

「はい。篠宮雅葦、東京地検の検事です」

堂島は怖じけた様子もなく、篠宮を堂々と紹介する。

会長の懐刀と噂される堂島がよりにもよって検事と親しくしているなど、芳村としては面白くないはずだが、堂島はまるで意に介さない。芳村も、一度目を眇めただけで、不機嫌になったふうではなかった。

「まぁ、座ってもらえ。今、お薄《うす》の点前《てまえ》をしているところだ」

広々としたリビングの一角で、芳村は御園棚《みそのだな》を前に座しており、堂島と話をしながら粛々と薄茶を点てていた。立礼式の点前を披露している最中だったようだ。

捻挫しているはずの堂島は姿勢を正してソファに座っている。当然背凭れには寄りかからず、背筋をピンと伸ばして、両手は軽く拳を握って膝の上にそれぞれ載せていた。スーツはダークグレーの三つ揃いだ。

堂島に「来い」と目で促され、篠宮は仕方なく隣に腰を下ろした。

まさか今夜ここで芳村と引き合わされるとは想像もしておらず、騙《だま》し討ちに遭わされた心地だ。それならそうと最初から言ってくれと恨めしく思う。なんの心構えもせぬままいきなりこの場に放り込まれ、初対面の超大物を前にどうすればいいかわからず戸惑うばかりだ。

三輪とボディガードらしき男は壁を背にして直立不動で待機している。

堂島と並んでソファに座っても、話ができるような雰囲気ではとてもなく、篠宮はなぜ自分がこんな席に付き合わされなくてはならないのかと腑に落ちず、どうにも居心地が悪い。明らかに自分だけがこの場にそぐわない存在なのを肌で感じる。

「学生の頃からの付き合いか」

茶筅《ちゃせん》を動かしながら芳村が唐突に言う。

「はい」

堂島は神妙に返事をする。いつもは傲岸不遜な男が見せるべつの顔が、篠宮には物珍しい。

自分のことを話題にされても篠宮は完全に蚊帳《かや》の外で、黙って聞いているしかないのが気恥ずかしく、変な気分だった。

「気が強くて、他人の意のままにはそうそうならなさそうな、頑固な顔をしている。おまえが振り回されるのも無理ない感じの男だな」

「面目ありません」

「初めて儂《わし》と引き合わせた相手がこれとはな」

「ほかにおりませんので」

「陰で泣いている女は多かろう。まぁいい。おまえが好きで一緒にいるのなら、儂が口出しすることではない。昨晩の一件は大事にならずにすんでなによりだった」

二人は世間話をしているかのごとく淡々と言葉を交わし合う。

茶筅を回すリズミカルな音がしていた。

「鷲柘のやつらも相当焦ったらしいな。もともと何かあれば乱暴な手段に訴える連中だが、今度ばかりは馬鹿としか言いようがない。おまえも軽い捻挫程度ですんでよかった。おまえが怪我をさせられたからには、こちらも何かしら報復を考えないわけにはいかん。結果としてそこにいる男の望んだとおり事件を一から捜査し直させることになったな」

「恐縮です」

「向こう見ずなじゃじゃ馬にはおまえから灸《きゅう》を据えておけ」

「はい。たっぷりと」

堂島は思わせぶりなやりとりのあと、篠宮を横目でジロリと流し見た。

誰が向こう見ずなじゃじゃ馬だ、とムッとしていた篠宮も、負けずに堂島を睨み返す。

慣れた手つきで点てられた薄茶を、三輪が進み出てきて恭《うやうや》しく受け取り、堂島のところに運んでくる。

堂島はセンターテーブルの上に出された薄茶を作法に従い口にした。

茶道にはさほど詳しくない篠宮でさえ、これは名品なのだろうと感じるくらい立派な茶碗で、堂島が飲んだあと芳村が再びそれで薄茶を点て、今度は篠宮に出されたとき、落として割りでもしたら一大事だと気が気でなかった。

内輪の茶会を終えると、芳村はボディガードとともに引き揚げていった。

下まで見送りについていこうとした堂島を「おまえはいい」と止め、三輪にも「気遣いは無用だ」と声をかけていた。

篠宮が芳村と一緒だったのは正味三十分ほどで、結局言葉は一度も交わさなかった。篠宮にわかったのは、芳村がいかに堂島に目をかけているかということと、今日になって突然事態が好転した裏には極芳会の関与があったようだという、この二点だ。

「さすがのおまえも緊張したか」

部屋に三人になった途端、堂島はいつものごとく不遜な態度で篠宮を揶揄してきた。

三輪は先ほどまでと変わらず微動だにせず壁際に立っている。

「不意打ちに遭わせておいてその言い方はないだろう！」

篠宮は腹立たしさに声を荒げた。

「会長が突然、一度おまえに会わせろとおっしゃったんだ。俺に逆らえるわけがない」

堂島は涼しい顔をしてぬけぬけと言う。

「どうやら、会長はおまえを気に入ったご様子だ。鼻っ柱の強そうなところが眼鏡にかなったのかもしれんな」

「迷惑だ」

ぴしゃりと返したが、堂島に「ほう？」と眇めた目で見据えられ、皮肉げに嗤われる。

「たまには長いものに巻かれろ、痛い目を見るぞと忠告してやったにもかかわらず、あれこれ探り回って危険を引き寄せ、俺に助けてもらっておきながら、感謝の言葉は口先だけか。たいした傲慢ぶりだな、雅葦」

自分のことは棚に上げて傲慢だなどと言われては呆れるしかないが、痛いところを突かれた篠宮は反論できずに悔しさを堪えた。

「礼を言いに来たのならもっとしおらしいところを見せろ。ふりだけでもな」

「なら、どうすればきみは満足するんだ」

弱みにつけ込んで言いたい放題の堂島に腹が立ち、篠宮は投げやりに聞く。

どうやら足の怪我は心配するには及ばないとわかり、安堵したためもある。篠宮が一番気になっていたのはそのことだったので、堂島が松葉杖もなしに動いているのを目で見て確かめて、ここに来た目的は果たしていた。

「どうすれば？　ばかめ。そんなことを俺に聞くな。少しは自分から行動したらどうだ。いつまでお高くとまっているつもりだ」

一人掛け用の安楽椅子に悠然と座り、長い足を組んだ堂島は、篠宮を遠慮なしに罵る。三輪の存在を意識しているのは篠宮だけで、堂島はまったく頓着しない。

「向こうで話さないか」

篠宮は奥の寝室を顎で示して提案した。

「あっちにはベッドしかないぞ」

意地悪く聞かれ、篠宮は一瞬怯《ひる》んだが、このままここで居心地の悪い思いをするよりましだと考え、「かまわない」と答えた。

「ただし、二人だけでだ」

「好きにしろ」

堂島はあっさり承知すると、三輪に含みのある視線をやった。

すっと綺麗な所作でお辞儀をした三輪はもう一つあるドアの向こうに姿を消した。ちらりと中が覗けて、予備の小部屋らしいことがわかる。身分のある人物が泊まる際、お付きが待機する場所らしい。

三輪が別室に行ってくれたのなら、このままリビングで話をしてもよかったのだが、寝室に場所を変えようと言った手前引っ込みがつかず、篠宮は重い腰を上げた。

まるで自分から寝ようと誘ったかのようだ。

気恥ずかしくて俯きがちになる。

今まではずっと堂島に無理やり押し倒される形で、篠宮は嫌だと抗うだけだった。抵抗してもまるで敵わず、衣服を剥ぎ取られて腰を抱え上げられ、強引に体を繋げられていた。そして、緩急をつけて巧みに揺さぶられているうちによくなってきて、最後は何がなんだかわからなくなっているのが常だった。

むしろそうやって力ずくで迫られるほうが、自分から折れた感覚が少なく、プライドも傷つかないのだとあらためて感じる。おかしなものだった。

形の上では強姦でも、実は篠宮もまんざらではなかった証《あかし》のようで面映《おもは》ゆい。

素直に自分の気持ちを見つめ直すと、逃れようのない結論が待っているのがわかっていて、篠宮は精一杯抵抗してきただけなのだ。

それももう、そろそろ限界かもしれない。

堂島がこれまでのやり方を変えようとしていることに、篠宮も覚悟を迫られている気がした。

先に立っていって、寝室のドアを開ける。

こちらもゆったりした造りで、クイーンサイズの寝台が二台据えられていた。

ベッド以外何もないと堂島は言ったが、大きな窓の手前に安楽椅子が二脚とコーヒーテーブルがある。

窓の外にはバルコニーがついていて、ホテル自慢の庭園が一望できるようになっている。あいにく今は常夜灯に照らされた遊歩道や離れの茶室周りが見て取れるだけだ。それでも趣は十分感じられた。

「豪勢なスイートだな」

篠宮のあとから寝室に入った堂島が茶化すように言う。

上着は脱いできている。糊の利いたストライプシャツにベストを重ねた姿は、手足が長くて腰の位置が高い堂島のスタイルのよさをいっそう際立たせる。僅かに緩めたネクタイがさりげない色香を放つ。

「椅子がある」

「あったな」

堂島は悪びれた様子もなく肩を竦め、大股で歩いてきてドサッと一方に腰を下ろした。

篠宮自身は窓に近いほうの寝台の縁に尻を載せ、堂島と斜めに向き合う形を取る。なんとなく、きちんと椅子に座って堂島と話をするのが照れくさくなったのだ。

「うまく言葉にして伝えきれないのがもどかしいが、今回はいろいろなところで助けてもらって本当に感謝してる」

篠宮は俯きがちになって、訥々とした調子で話しだした。

一言一言慎重に考えながら喋るので、我ながら覚束なげではあったが、気持ちは真剣だった。

堂島は黙って聞いている。

再会して以来、こんなふうに真摯《しんし》に向き合うのは初めてだ。冷やかしたり茶々を入れたりしてくる気配のない堂島に、篠宮は逆に戸惑う。

「俺は……たぶん、検事としてはまだほんの青二才の、おまえが言うとおり鼻っ柱が強いだけで、上がちょっと圧力をかけてきたらすぐに狼狽えてしまうような腑甲斐ない男だ。唐澤にも忠告されていたのに、本気で聞いていなかった。俺が狙《ねら》われて勝手に酷い目に遭うだけならまだしも、きみを巻き込んで怪我をさせることになって、申し訳なかった。この程度ですんだからまだよかったが、大事故になっていたらと思うと……恐ろしくて身が竦む」

話しているうちに篠宮は徐々に顔を上げていき、最後は堂島の目を真っ直ぐに見て言った。

堂島も篠宮をひたと見据える。

心臓の音が聞こえるのではないかと思うほど動悸《どうき》がしてきて、今言葉を発すると声が震えそうで話を続けられなくなった。

しばらくじっと視線を絡めたままでいると、堂島がフッと仕方なさそうに溜息をつき、おもむろに口を開く。

「要するにおまえは俺をどう思っているんだ。そこまで気に病むのは俺のことがまんざらでもないからか。それとも単なる義理か。もういい加減おまえも自分の気持ちに気づいているんだろう。この際だからはっきりさせてみろよ」

好きなら好き、離れたくないなら離れたくないと認めろ——堂島の強い意思を含んだまなざしが求めている。

「たとえば、おまえはやたらと三輪を気にするが、それはなぜだ。嫉妬からか?」

「まさか」

篠宮は心外さに目を瞠り、即座に否定しようとしたが、「まさか」と勢よく言ったきり言葉を途切れさせてしまった。本当に違うのかと自問が脳裡を掠《かす》め、胸を張ってそうだと自答できなかったからだ。

「おまえ、俺があいつと寝ているんじゃないかって腹の底で邪推しているだろう」

決めつけるように言われ、ムッとしたものの、それにも反論しきれない。

「何度俺がおまえ一筋だと言っても信じないんだから、たいした疑り深さだな。三輪が知ったら苦笑するだろうよ」

「彼によけいなことは話すな」

篠宮は狼狽えてしまい、弾かれたようにベッドから腰を上げていた。

「三輪が不得手か」

「何を考えているのかわからなくて、正直怖い」

三輪はきっと篠宮を煙たがっているだろう。そう思うからよけい苦手意識が募る。

「あれはああいう男だ」

堂島はさらっと言ってのけ、椅子から立った。

腕を伸ばせば篠宮の背中に腕を回せる位置まで近づく。

篠宮も臆さずに堂島と間近で向き合った。

脅すでもなく冗談めかすでもなく、こんなふうに真摯さを感じさせる堂島と対峙《たいじ》するのは、もしかすると初めてかもしれない。

「それより、俺が今知りたいのはおまえの本音だ。俺をどう思っているのか聞かせろ、雅葦」

逃げることを許さない強固な姿勢で追及され、篠宮はこくりと喉を鳴らして唾を飲む。はぐらかしてうやむやにしてしまえる雰囲気ではなかった。

堂島と始終一緒の三輪を快く思っていないこともすでに看破されている。この期に及んで堂島への気持ちをごまかしても、往生際が悪くてみっともないばかりだ。

「きみが……」

篠宮は勇気を振り絞り、躊躇いを払いのけるようにして白状した。

「……何年もの間音信不通だったきみが、ある日突然俺の前に現れたときは驚いた。そしていきなりあれだ。最初のうちは恨みもしたし、再会しなければよかったと思いもしたけれど、なんのかんの言いながらずるずる続けてきたのは、俺がきみを……諦めきれずにいるからだ」

いったん言葉を句切って、息を深く吸う。そうして心を落ち着けた。

「いつか、まっとうな仕事に就いて裏社会から足を洗ってくれるんじゃないか。ずっとそう願ってきたんだが、俺が甘かったみたいだな」

「今の俺は受け入れられないか？」

「難しい」

篠宮は率直に答えたあとで、悩ましく顔を歪めた。

「……きみを受け入れたら、俺は自分の立ち位置があやふやになって混乱しそうだ。何を拠《よ》り所に信念を貫けばいいのか根幹から覆されて、仕事に自信が持てなくなる。かといって職を変わる気は毛頭ない。きみがやくざを辞められないのと同じで、俺も検事を辞められない。俺たちはどこまで行っても平行線だ」

「なら、今夜限りで縁を切ればいいのか？」

「そんなふうにやすやすと決意できるくらいなら、俺はこの四年間苦しんでない」

人の気も知らず、いとも簡単に絶縁を口にする堂島の身勝手さに怒りが湧き、篠宮は苛立ちを露にした。

「きみに俺を惑わせた責任を取ってもらいたいよ」

泰然として見える堂島が癪で、半ば本気、半ば冗談で言う。一度本音を晒すと歯止めが利かなくなり、これまでずっと心の奥に仕舞い込んでいた感情がじわじわと洩れだしてきた。

どうせこのくらい言ったところで堂島は意に介しもしないだろうと思っていたが、予想外に真面目な返事があった。

「責任ならもう取っている」

堂島はにこりともせずに篠宮の顔を見据え、無愛想に言う。なんとなく篠宮には堂島が照れくさがっているように感じられ、らしくなくて意外だった。

「だから会長もおまえに一度会わせろとおっしゃったんだ。本気じゃなかったら、会わせない」

淡々とした中に堂島の決意が感じられ、篠宮は嘘だと疑えなかった。真剣なまなざしを見ていると、これが戯れ言やその場凌ぎではなく、堂島の真意だと信じていい気がしてきた。

「いつから……?」

「高校で一緒に生徒会役員をしたときには、完全に意識していた」

同じだ、と篠宮は軽く息を呑む。篠宮自身もそのあたりから堂島がほかの学友たちとは一線を画した特別な存在になっていた。はっきり恋だと認識していたわけではなかったが、今にして思えば、あの頃の感情は明らかに友情を超えていた。

篠宮が堂島をわからなくなったのは、大学二年の夏以降だ。

それまでは、高校時代に抱いた淡く不安定な気持ちを持て余しつつ、堂島となんでもない話をするのが楽しかった。学部は違っても、キャンパスで偶然会えないかと期待して、ドキドキしながら大学に通ったものだ。

「……俺は、まだ一番大事な話をしてもらってない」

やはりそれを抜きにしては堂島を理解できないと思い、篠宮はずっと二人の間で禁忌のようになっていたことに触れた。聞くなら今だという気がした。

堂島の身に何が起きたから、再会したとき別人のように変わっていたのか。

「ああ。ちゃんと話す」

堂島も同じ心境だったのか、すでに話す覚悟でいたのか、嫌がらずに承知する。

「その前に、おまえの気持ちが聞きたい」

「どうせわかっているくせに」

篠宮には堂島に対して自分の気持ちを隠しおおせている自信はまったくない。顔を合わせれば悪態ばかりつくが、本当に嫌悪しているならそもそも口をきかない。無理やり体だけ繋がされたとしても、黙って耐え、胸の内で軽蔑を膨らませただけだろう。いろいろ文句を言ったのは、言えばもしかして通じるのではないかと思ったからこそだ。

勘のいい堂島はきっと篠宮が自分に惚れていることを知っている。知っていて、知らん顔をしていたのだ。篠宮はそう思っていた。

「それはおまえも俺が好きだということか」

堂島はあくまで篠宮に言葉で告白させようとする。

不粋なやつめ、と篠宮は腹立たしかった。

しかし、堂島の顔を睨み上げたとき、本気で答えを得たがっているのがわかり、篠宮は目を瞠った。

そこには、いつものふてぶてしさも自信に溢れた強気な姿もなく、一度でいいから確かめさせてくれという切実な気持ちが浮かんでいた。

堂島にも確信などなかったのか。まさかという思いだったが、そう考えるしかなさそうだ。

お互い、馬鹿がつくほど不器用だと思う。

こうして真っ向からぶつかり合えるようになるまで、ずいぶん遠回りしたものだ。

「俺が地方に飛ばされるかもしれないとなって、焦った？」

「遠距離はべつにかまわない」

堂島は苦々しげに答える。篠宮が返事をはぐらかしたのが忌々しかったのだろう。それでも辛抱強く話を聞こうとするところに、堂島の真摯さを感じた。今夜はとことん腹を割って、今まで放置してきた溝を埋める努力をするつもりのようだ。

「おまえがどこにいようと時間を見つけて会いに行けばいいだけの話だ」

「それなら、なぜ事件解決の糸口をわざわざ教えてくれたんだ」

「警察や検察が嫌いだからだ。上からの圧力に簡単に屈するくせに正義を気取っているやつらには反吐が出る。おまえがその犠牲になって、不遇を味わわされるのが我慢できなかった。そういう意味では、タレコミはおまえのためにしたんじゃない」

「きみがやくざになったのは警察組織が嫌いだからか?」

「どっちもだ」

堂島はぶっきらぼうに言い、そっぽを向いた。

「そのあたりのことも、聞かせてくれるんだな?」

知らないうちは堂島をちゃんと理解したことにならない気がして、篠宮は念を押した。

「おまえが俺に惚れていると認めたらな」

さっきと返事が違ったが、堂島が篠宮のもったいぶり方に焦《じ》れているのが伝わってきて、突っ込めなかった。

いざとなると篠宮はなかなか潔くなれなかった。

どうせわかっているくせに、と思うと、反発心が生まれ、言葉にするのが恥ずかしくて仕方ない。

唇を噛んで俯くと、堂島は腕を伸ばしてきて篠宮の顎に手をかけ、顔を上げさせた。

「つくづくおまえは強情だな」

「……ああ」

篠宮は睫毛を瞬かせ、視線を逸らした。とても堂島の顔をまともに見られない。恥ずかしくて顔から火が出そうだった。

「もう頼むから、このままいつものように押し倒してくれ。なんでもする。何をしてもいい」

それが篠宮の精一杯の告白だった。

フッと堂島が苦笑して、顔を近づけてきた。

見かけより柔らかな唇が篠宮の口を塞ぐ。

愛情の籠もるキスをされ、みるみる体が蕩けていく。

篠宮は湿った息を洩らし、両腕を堂島の背中に回して抱きついた。

ギリギリの理性で捻挫した足に負担をかけないよう気を遣う。

「好きだ」

ようやく一言、どさくさに紛れて告げることができた。

唇を合わせたまま、堂島も篠宮の体を抱き竦める。

初めて気持ちが一つになったのを感じ、篠宮は胸の奥から込み上げる熱いものを呑み込んだ。

＊

「おまえも薄々察していたかもしれないが、親父はとうの昔に自殺して、もうこの世にいない」

堂島は淡々とした口調で、約束どおり篠宮に過去の出来事について語りだした。

長い指で無造作にネクタイを緩め、袖のボタンを外すしぐさは男の色香に溢れていて、何度目にしても見惚れてしまう。

話を聞きながら篠宮も自らの服に手をかけるが、堂島とは比べものにならない貧弱な体を晒すのがいつにも増して恥ずかしく、気後れする。今さらだが、篠宮にしてみればこれから初めて、本当の意味で堂島と一つになるのだ。緊張せずにはいられない。

堂島は篠宮の相槌を待たずに言葉を継ぐ。いっきに話してしまいたいようだ。

「親父の自殺をおまえにすら打ち明けず、曖昧な言い方をしたのは、俺自身まだ気持ちの整理がつかずに認めたくなかったのと、おまえにまでショックを与えたくなかったからだ。……親父は金森《かなもり》という男に騙されていたんだ。金森は人当たりのいい話上手なやつで、いかにも害がなさそうに見えたが、実際は裏でやくざと手を組み、親父の会社を乗っ取るつもりで近づいてきたとんでもないごうつくばりだった。俺はそのことを、親父が死んだあと、なぜこんなことが起きたのか徹底的に調べて知った。親父は友人だと信じていた男に裏切られ、工場も何もかも取り上げられた挙げ句、借金まで背負わされ、自殺して俺と母親のために金を作る以外ないと思い詰めたらしい。どうにかして俺たちを守りたかったんだろう。だが、その甲斐もなく、母親は縊死《いし》した親父の亡骸《なきがら》を見つけて精神を病んでしまった。一昨年、肺炎が元で亡くなったが、最期まで正気を取り戻さなかった」

　ある程度覚悟はしていたが、堂島の口から真実を聞くのは想像以上の辛さだった。

　篠宮は言葉もなく項垂れ、平静を装った堂島が表情を変えない顔の下でどれほど傷つき、心を乱れさせているのかと思いやって、胸が締めつけられるように痛んだ。

「俺がこの世界に入る決意をしたのは、事実をすべて知ったせいだ。世の中、正しいことをして清廉に生きていても、金を持って権力と癒着したやつらにかかれば簡単に捻り潰されて破滅する。なら俺もそちら側の人間になってやると決意した。警察も信用できない。建前ばかりの正義を振りかざし、いざとなったら平気で長いものに巻かれ、事なかれ主義に徹するんだ」

　それには篠宮も堂々と否定しきれない。まさに今回、篠宮は上からの理不尽な要求に納得がいかず、闘ったのだ。警察機構のすべてがそうではないと信じているが、中には非合法な裏取引が行われているケースもあると認めざるを得ない。

「やくざに家族を奪われ、俺はそうした連中を蛇蝎《だかつ》のごとく嫌っている。それにもかかわらずやつらと同じ土俵に立ったのは、あのとき金森とつるんでいたやつを嵌めて復讐するためだ」

「……復讐、したのか?」

ようやく顔を上げて篠宮はおそるおそる聞いた。

「さぁな」

堂島は無表情ではぐらかす。篠宮にはどちらともつかなかった。

「もし、復讐を果たせたのなら……目的は遂げたわけだろう」

やくざ稼業から足を洗ってまっとうな社会人になってほしい。篠宮は縋るような気持ちで堂島をひたと見つめた。

堂島はフッと冷めた笑みを口元に刷かせ、逞しい胸板を露にして篠宮に迫ってくる。

「今はまた事情が変わった。俺は、親父を裏切れない」

ここで言う親父とは、芳村会長のことだろう。

堂島は芳村に計り知れない恩義を受けたかのごとく、きっぱりと言い切る。

篠宮が何を言っても翻意しそうにない強固な意志がまなざしに宿っていた。

「話はもう終わりだ」

そう言うなり堂島は篠宮の体から脱ぎかけの服を剥ぎ取り、篠宮をベッドに押し倒す。

篠宮の薄くて細い体を組み敷き、のしかかってくる堂島の重みを、篠宮はしっかり受けとめた。苦しさより安堵が勝り、肌と肌が触れ合う心地よさにほうっと溜息が出る。熱と匂いが交ざり合い、官能を刺激されもした。

舌を搦《から》め捕られて強く吸い上げられ、送り込まれてきた唾液を嚥下《えんか》する。

荒々しく濃厚なキスに篠宮の脳髄は痺れ、恍惚としてきた。

濡れた唇を何度も接合させ、口腔の中まで舐め尽くされるうちに、身も心も昂揚しきり、大胆になる。

太股に押しつけられた堂島の陰茎は硬くなっていきり立っている。

手を伸ばして握り込むと脈打っているのが感じられ、欲情を刺激された。

後孔が疼き、襞がはしたなく収縮する。

今すぐこれを突き入れられて、体の中を埋めてほしくなる。

いつからこんなふうに淫らになったのか。こうなるまで慣れさせた堂島が恨めしい。好きな男にだから許せて、貪婪になるのだと信じたかった。ほかの誰かと体を繋げるところなど想像もできない。今はもう、女性とも考えられなくなっている。

「それが欲しいか？」

唇を離した堂島が耳元で囁く。

篠宮はぞくっとして首を竦ませ、あえかな声を洩らした。

言葉にされただけで想像が膨らみ、奥がひくつく。

「もうちょっと待て」

いつもの堂島ならば意地悪くさんざん焦らすのだが、今夜はそんな気はないようだ。自分自身激しく欲情していて、とりあえず一度篠宮の中に挿れて猛りを鎮めたいのかもしれない。

太股を割って膝で曲げた足を開かされ、双丘が上を向くように腰にクッションを挟まれる。秘めやかな部分を見られる恥ずかしさに顔を背けていると、パチンと蓋を開ける音がして、後孔にぬるついた指が触れてきた。

襞の一本一本を広げるように潤滑剤を丹念に塗し、滑りがよくなったところで、つぷっと指を潜らせる。

「……っ」

無抵抗の後孔は吸い込むように長い指を迎え入れ、キュッと窄んで締めつける。

軽く抜き差しされると内壁が擦られて猥りがわしい感覚が湧いてくる。

「あ……あっ、だめだ、そこ……っ!」

篠宮の体を知り尽くした堂島の指は、迷いもなく弱みを探り当てた。

押し上げ、撫で回して刺激する。

「ひぃ……っ、あ、あぁ、あ」

男ならば誰でも喜悦に噎《むせ》ぶところを責められ、篠宮は腰を揺すって悶えた。

甘く容赦のない快感が体中を駆け巡り、乱れた声を上げずにはいられない。

「いやらしいやつめ。乳首をこんなに尖らせて恥ずかしくないのか」

二本に増やした指で後孔を掻き交ぜ、小刻みに抜き差ししながら、もう一方の手と口で凝った乳首を弄られる。

充血した乳首は軽く指の腹で撫でられただけでも身動ぎしてしまうほど感じやすくなっていて、押し潰されたり摘まみ上げて擦り立てられたりするたびに嬌声を放つ。

口に含んでチロチロと舐められたり、軽く歯を立てて噛まれたり、きつく吸引されたりと、あらゆるやり方で虐められた。

潤滑剤を足して指三本揃えた状態で秘部を穿たれ直したとき、篠宮は堪らず首を左右に振り、

「アアッ」

と甲高《かんだか》い声を上げて上体を仰け反らせた。

ずずっ、と付け根まで差し入れられた三本の指が筒の中でばらばらに動き、内壁を押し開く。中で動かすたびにグチュグチュと濡れた音がして、耳を塞ぎたいほど淫猥だった。

「あっ、あ、あっ」

「ずいぶん興が乗ってきたようだな」

胸から手を離した堂島は股間に的を替え、張り詰めた勃起を握り込む。

後孔を解しながら前を扱き立てられ、二重の刺激に襲われる。

唇を噛んでやり過ごそうとしてもとうてい無理で、自分のものとは思えない喘ぎ声が出る。

「まだイクな」

堂島は篠宮が禁を解きそうになると、一歩手前で退く。

はぐらかされた篠宮は息を荒げて胸板を上下させつつ、涙目で堂島を睨んだ。

「おまえの怒った顔とその目が好きだ。ゾクッとする」

「きみは、ひどい」

「そうでもないはずだ」

堂島は篠宮の顎を掴み、唇を塞いできた。

滑り込んできた舌に口腔を掻き混ぜられ、湧いてきた唾液を啜られる。熱い息を絡め、湿った粘膜を接合させる淫靡さに、頭の芯が麻痺したかのごとくぼうっとなる。

濃密なキスに陶然としているうちに、奥をまさぐっていた指は三本同時に抜かれ、代わりに猛々しく勃起した陰茎が押しつけられてきた。

閉じかけていた窄まりを先端で強引に掻き分け、括れまでずぷっと埋め込まれる。

「……っ、あっ」

指とは比べものにならない嵩《かさ》のもので狭い器官を押し開かれ、篠宮は喘ぐように悲鳴を上げていた。

「力を抜け」

篠宮の頭を両腕で包み込むようにした堂島が声をかけてくる。ぶっきらぼうな調子だったが、少しでも篠宮の負担を和らげてやろうという気持ちが感じ取れ、素直に聞けた。

なるべく体を弛緩させ、シーツに預ける。

堂島がグッと腰を突き入れてきた。

「あぁあっ！」

いっきに根本まで穿たれ、覚悟していた以上の衝撃を受けて勢いを殺しきれなかった体がヘッドボードのほうにずり上がる。

荒々しい挿入に一瞬息が止まりかけたが、堂島に慣らされた体はすぐに太く熱い雄芯を受け入れ、ほかでは得られない充足感を覚える。

「気持ちいいか」

堂島は篠宮の汗ばんだ額にかかっていた髪を梳《す》き上げると、セクシーな声で自信たっぷりに聞いてくる。

「わかっているくせに」

喋るたびに、体の僅かな震動が奥をみっしり埋めた堂島のものに伝わっている気がして、赤面する。

上目遣いに見た堂島の顔は満足そうだ。篠宮の中を愉しんでいるのが察せられる。

篠宮は自然と後孔を収縮させ、堂島を引き絞っていた。

堂島が微かに呻き、腰を前後に軽く動かす。

緩やかな抽挿だったが、それにも篠宮は感じて甘い声を洩らした。

気持ちがいい。僅かでも中を擦られると、全身に鳥肌が立つほどの快感が生じて、電気を流されたようなゾクゾクする感覚に見舞われる。

「あぁ……っ、いい。そのまま動いてくれ」

「やっと少しは素直になることを覚えたらしいな」

堂島は満足そうにニヤリと笑い、グッグッと続けざまに腰を押しつけてきた。

奥を突かれるたびに眩暈がするような悦楽を感じ、篠宮は縋るものを求め、堂島の逞しい二の腕に手をかけた。

「もっとしっかり掴まっていろ」

堂島は篠宮の手を掴み取り、肩に腕を回すよう促した。

篠宮が両腕を堂島の首に回してしっかり抱きつくと、堂島は深々と奥を穿ったまま、篠宮の腰を抱え上げ、両足の膝裏に手をかけた。そのまま膝頭が胸につくほど体を二つに折り曲げさせられる。

そうすると、さらに結合が深くなり、篠宮はあえかな声を洩らして悶えた。

「擦られるのがそんなにいいか」

じわじわと腰を突き出したり戻したりしながら堂島に揶揄され、篠宮は快感に身を任せながら頬を火照らせた。

刺激を受けるたびに喘いでしまい、唇の端からは飲み込みきれなかった唾液が糸を引いている。あられもない姿を晒していることに恥辱を感じるが、ここまでくるともうやめてくれとは言えなかった。

　下腹に挟まれた篠宮のものは先ほどから先走りを滴らせ、軽く擦られただけでも弾けてしまいそうなくらい昂っている。

　ゆさゆさと腰を抱え上げて揺らされる。

「ううっ……う……」

　噛みつくように口を塞がれ、嬌声は嗚咽《おえつ》のようにくぐもった喘ぎになった。

　堂島はピチャピチャと淫猥な水音をさせて舌をしつこく絡ませてくる。

　艶《なまめ》かしいキスに酔わされるうちに、腰の動きは徐々に激しさを増してきて、篠宮は喉を震わせて啜り泣いた。

「アアッ、アア……もう、だめ……っ」

　口を離された途端、篠宮はあられもなく叫び、堂島の首を力一杯抱き寄せた。

　精液が温かな飛沫となって胸元にまで降りかかる。下腹部も濡れて汚れる。

「いいイキっぷりだ」

　堂島は篠宮を見下ろし、少しの間だけ止めていた抽挿を開始し始めた。

「いやだ……まだ、まだ……あぁぁっ」

「俺もすぐイク」

もう少し休ませてくれという篠宮の哀願には取り合わず、堂島は叩きつけるように腰を使いだした。

肌と肌と思いきりぶつかり合い、嬌声交じりの悲鳴と、湿った粘膜を擦り合わせる音がひっきりなしにする。

揺さぶられ、奥を思うさま突き上げられ、入り口の襞を捲り上げて荒々しく抜き差しされ、何も考えていられない。

「……っ、雅葦……！」

それまでずっとあからさまに感じた声は出さなかった堂島が低く呻いて動きを止めた。

ドクンと中で陰茎が脈打つのがわかった。

白濁を勢いよく迸らせ、篠宮の狭いところをしとどに濡らすイメージが脳裡に広がる。

「雅葦」

息を弾ませたまま、堂島は情動に衝かれたようにして篠宮の唇を貪る。

篠宮も興奮が冷めず、夢中で舌を絡ませ、熱いキスに応えた。

背中を抱き締める腕にも力が籠もる。

「俺は、やくざは嫌いだ……」

キスの合間に、吐息と共に篠宮は泣きそうな心地で吐露し、堂島を詰った。

「なのに、きみのことはどうしても嫌いになれないし、潔く二度と会わない選択もできない。

俺は……俺はいったいどうすればいいんだ」

「好きなら、このまま俺といろ」

　堂島はあくまでも傲慢に決めつける。

「俺と会うときは、自分が検事で俺がやくざだということは忘れろ」

「きみはとことん勝手だな」

　芳村にまで話した以上、堂島の側には秘密にしなければならない理由はなく、篠宮ばかりが様々な不自由を強いられる。理不尽だ。

「きみとこんなふうに関係を持っていることが世間に知られたら、俺は確実に失職する。好奇の目に晒され、次の就職口を見つけるのにも苦労する。きみと敵対する組織の標的にだってされるかもしれない」

「おまえは俺が守る」

　思いつくままに並べた篠宮に、堂島はすっと表情を引き締め、真剣な顔つきで誓った。

　毅然として揺るぎのない言葉が篠宮の胸を打つ。

　信じてもいいのだろうか。

「俺が、おまえを社会的に困らせたり、危険に晒したりしたことが今まであったか。おまえが危ない目に遭いそうになったのは、昨晩の一度きりのはずだ。それも俺は守った」

　そこを突かれると篠宮は何も返せない。返事に詰まって目を伏せる。

確かに堂島の言うとおりだが、同じ男として守られてばかりいるわけにもいかないと、意地も頭を擡げた。

「俺が好きなら少しくらい譲歩しろ」

堂島は篠宮の気持ちを逆手にとって強気に迫る。

「いろいろ気に食わないことも多いだろうが、俺といたかったら目を瞑れるところは瞑れ。俺は今まで卑劣な手段でシノギを稼いだことはない。会社を経営して利益を上げた金の一部が上納金として極芳会の懐に収まっているだけだ。俺の肩書きはいちおう社長だぞ。直参の連中みたいに自分の組を率いているわけでもない」

「それはもちろんわかっている」

堂島が天才的な経営センスを持つ、年商数億の会社経営者で、財界からも一目置かれているらしいのは知っている。そこに辿り着くまで並々ならぬ苦労があったであろうことも察して余りある。

裏社会に関与していることを除けば、堂島は今でも篠宮の憧れであり、目標であり、誇りだ。

「俺はおまえを離したくない。おまえがどうすれば俺と一緒で幸せになれるか、いつも考えている」

堂島の言葉は熱かった。

まだ篠宮の中に入ったままだった陰茎が頭を擡げ、みるみる力を取り戻していくのを感じる。

感情が募ってきたことで、欲情もまた湧いてきたらしい。

「……仕方がないな」

篠宮は観念して呟いた。

不満はあるし、納得できない部分も多々あるが、最後に残るのは堂島が好きで別れたくないという気持ちだ。

堂島の顔に不敵な笑みが広がる。

「その言葉、俺はしっかり聞いたぞ」

「言っておくが、俺は検事を辞めないからな。だから今までどおり、きみとの関係は誰にも感づかせられない」

「問題ない。三輪がすべてうまくやる」

こんなときにわざわざ三輪の名を出すところがまた腹立たしかったが、篠宮は文句を言う代わりに再び兆してきた堂島を思いきり引き絞ってやった。

締めつけのきつさに閉口したのか、堂島がむっと眉間に皺を刻む。

少しだけ溜飲が下がり、篠宮はふわりと笑ってやった。

篠宮の顔を見て、堂島もフッと笑う。

まだまだこの先長い付き合いになりそうだという予感が頭を過ぎり、篠宮はまんざらでもなく思うのだった。

烈日の執愛Ⅱ

1

校門へと続く緩い坂道を上っていると、背後からシャーッと風を切って近づいてきた自転車に追い抜かれた。

「おはよう、篠宮《しのみや》！」

快活な挨拶と共に傍らを走っていったのは、三年二組の堂島一威《どうじまかずなり》だ。

篠宮は目を細めて堂島の背中を見送った。

持て余すように長い手足、まだまだ高くなりそうな背丈、目鼻立ちの整った精悍な顔——堂島は皆が欲するものをすべて持っているのではないかと羨《うらや》みたくなるほどよくできた人間だ。才能にも環境にも恵まれ、性格もよく、友人が大勢いる。男子ばかりが集まる中高一貫教育の野際学院《のぎわがくいん》において、中等部三年の堂島一威を知らない学生はいないだろう。

篠宮は堂島と一年のとき同じクラスだった。

スポーツにしろ勉強にしろおよそ苦手なものがないようで、何をさせても堂島の右に出る者はいなかった。明るくて誰とでもすぐに打ち解け、面倒見もいいため、一年の頃から生徒会役員に抜擢《ばってき》されたくらいだ。

地味で、たいして目立つ存在ではなかったはずの篠宮を堂島が覚えていたのは、正直驚きだった。それも後ろ姿だけでわかってくれたのだ。二年になってクラスが分かれて以降、口をきいたことはない。顔を合わせる機会すらそれほどなかったと思う。篠宮はクラス委員もしていなければ、部活にも参加していない。毎日、学校と塾と家がすべてで、堂島との接点はほとんどなかった。

中等部もあと一月足らずで終わろうという二月。

白い息を吐きながら、マフラーを風に靡《なび》かせ、坂道だというのに苦もなくスピードを出して自転車を漕いでいった堂島の姿が目に焼き付いている。

同じ人間なのだから悩みや迷いがまったくないはずはないとわかっていても、傍から見た堂島は自信に溢れ、不可能などなさそうに思える。

篠宮が堂島に近づけることといえば学力考査の総合順位くらいだ。篠宮も平均的に全科目できるので、総合するとたいてい堂島の次に高い点になる。とはいえ、毎回必ずではないから、堂島のほうは篠宮と違って二位が誰かなど気にも留めていないだろう。

「……でさぁ、昆野《こんの》のやつ、今年こそはくれるんじゃないかって期待してるんだと」

「あぁぁ、いいよなぁ。俺なんかバレンタインデーほんと憂鬱だよ。みんなチョコレート会社に踊らされるなっての！」

「妬くなって」

後ろから歩いてきた二人の会話が聞こえてくる。

そういえば二月はそんな行事があるのだった。付き合っている子もいなければ、好きな子もいない篠宮にはまったく縁のない話だ。

ゆっくりした歩調の篠宮との距離を次第に詰めてきて、とうとう先を越そうとした二年生の二人組が、礼儀正しく頭を下げて挨拶していく。

「篠宮先輩、おはようございます」

「お、おはようございます」

二人は急にしゃちほこばり、心持ち早足になって先に行く。

お互いに相手を肘で突き合いながら、何やら興奮した様子だ。はしゃいでいるようにも見えた。ときどき甲高い声で喋るので、数メートル離れていても会話の一部が篠宮の耳に届く。

「やったぜ、ラッキー!」

「……いだよなぁ。なんか俺……してきた」

「ばぁか、おまえカノジョいるんだろ」

何か自分のことを言われているようだったが、篠宮は興味がなかった。

それよりも、バレンタインデーという言葉と堂島を結びつけ、彼はきっともてるに違いないから、毎年たくさんチョコをもらうんだろうな、と想像を巡らせる。

もしかすると篠宮が知らないだけで、堂島にはすでに付き合っている人がいるのかもしれない。堂島の大人びた雰囲気には、なんでもひととおり経験しているような余裕が醸し出されている。

どちらにせよ、二月十四日は堂島にとって晴れやかな日になるに違いない。

篠宮はそれを同じ男として羨むわけではなく、彼にチョコを渡して好意を告げられる女の子のほうに羨望を感じた。堂島が相手だと篠宮は妙に構えてしまって話しかけることもできない。何かきっかけがあれば少しは気楽に向き合えるのではないかと思うのだが、今のところそんなチャンスもなさそうだ。

昇降口でスニーカーを脱ぎ、上履きに履き替えていると、背後から肩をポン、と叩かれた。

振り返ると、てっきり先に教室に入ったと思っていた堂島だ。まさかまたここで堂島と一緒になるとは意外で、篠宮は不意を衝かれた心地だった。ここに来るまでの間あれこれ考えを巡らせていた当の本人を前にして、ひそかに狼狽える。表情を取り繕うのは得意でないので、僅かながら顔が強張ってしまう。

「今日そっちのクラス物理ある？」

この二年余り話したこともなかった堂島に親しげに聞かれ、篠宮はますます戸惑った。

「あるけど……」

「何時限目？」

「……五時限目かな」

「じゃあさ、悪いけど教科書貸してくれないか。俺、うっかり塾のロッカーに忘れてきちゃってさ。物理の長野《ながの》、うるさいだろ。昼休みに返しに行くよ」

いきなりの展開に篠宮はたじろぎつつも、その場でカバンを開けて物理の教科書を貸した。

「サンキュ！　恩に着るよ、篠宮」

堂島は受け取ると爽やかな笑顔を見せて、「じゃ、またあとでな」と言うなり先に行ってしまった。

自分の持ち物が一時とはいえ堂島の手に渡り、自分が日頃捲っているページを彼が触って目にするのかと思うと、妙に心臓がざわつく。

お陰で篠宮は午前中の授業はどこか上の空だった。昼休みが近づくごとに胸の鼓動が速まって気分が落ち着かなくなってきた。

四時限終了のチャイムが鳴り、クラスメートたちは我先にと昼食をとりにかかった。

私立の野際学院は中等部でも給食がなく、皆それぞれ弁当を持参したり、学食や購買部の世話になったりしてお昼をとる。

篠宮は毎日母親が作ってくれる弁当を食べている。

堂島が教室まで来ると言っていたので弁当を開かずに待っていると、約束どおり堂島は昼休みに入って五分ほどした頃、前方のドアから顔を覗かせた。

「よぉ、堂島。どうした、なんか用か？」

すぐに気がついたクラスメートが気安く堂島に話しかける。

「あぁ、ちょっとな」

返事をしながら教室を見回す堂島と目が合った。

「篠宮！」

堂島に呼ばれた篠宮は、クラスメートたちの顔に訝しさと好奇心が浮かび、興味津々《きょうみしんしん》の目つきで見られるのを感じ、気恥ずかしくて心地悪かった。

校内一有名な人気者と勉強だけが取り柄のおとなしい篠宮という組み合わせがあまりにも意外だったのだろう。篠宮自身、どうしてこんなことになっているのかと半信半疑でいるのだから、無理はない。

篠宮が席を立つより先に、堂島のほうからすたすたと教室に入ってきた。

皆のまなざしが集まる気配があって、篠宮は緊張した。

堂島は気にした様子もなく篠宮の傍に来ると、空いていた前の席の椅子を引き、後ろ向きに跨《また》いで座る。

「はい、これ。ありがとう。助かった」

「どういたしまして」

篠宮は遠慮がちに手を伸ばし、教科書を受け取った。

周囲が二人の一挙手一投足に固唾《かたず》を呑んで注目しているようで、ぎくしゃくしてしまう。

変なたとえだが、まるで、まだカップルになっていない噂の二人が初接近したのを、冷やかしながら見守っているとでもいった雰囲気だ。

「な、篠宮、今日ヒマ?」

普段から何かと視線を集めることに慣れているのであろう堂島は、まったく屈託がない。篠宮は口を開きかけたものの、つい横目で周りを確かめ、篠宮の返事を耳を澄ませて待ち構えている様子に気がつき、怯んだ。

ここで暇だと返事をしたら、変なふうに勘繰《かんぐ》られて、堂島に迷惑がかかるのではないか。そんなことまで考え、躊躇いが生じる。

「……篠宮?」

堂島は訝しそうに首を傾げたあと、ふと合点がいった表情になり、こちらの様子を遠巻きに窺っていたクラスメートたちに、「おまえら何見てんだよ」と一声かけ、あっという間に彼らを散らばらせた。多くは残念だという顔をしていたが、堂島の言うことには従わないわけにはいかない空気が自然にできていた。

誰の目も気にしなくてよくなり、篠宮はようやく人心地がついて、堂島とちゃんと話ができるようになった。

「暇なら、なに?」

「教科書のお礼に映画を観に行かない? 親からもらった招待券があるんだ。五時半からだから終わるのは八時近くになりそうだけど、帰りは家まで送るからさ」

「二人で？」

堂島が誘えばほかにいくらでも行きたがる者はいるのではないか。自分なんかでいいんだろうかと篠宮は不安になった。

篠宮の心配をよそに、堂島はまいったなという顔をする。

「もしかして、篠宮は俺が苦手？　二人だと嫌？」

「そ……んなこと、ない」

予想もしないことを言われ、慌てて首を横に振る。

嫌どころか、誘ってもらえるなど夢のようだ。今まで特に仲がいいわけでもなかったのに、教科書を貸したくらいでこんなふうに堂島と親しくなれるとは想像もしなかった。

「じゃあ、そういうことで。放課後また迎えにくるから、ここで待ってろよ」

堂島は嬉しそうだ。端整な顔が満足げな笑みを湛《たた》えたことでいっそう魅力を増す。

五時限目の物理の授業の際、篠宮は教科書に二箇所ほど附箋が貼られているのを見つけ、堂島も今日ここを習ったんだと思うと、それだけで心が浮き立った。【ここで前回習ったことを質問される】【このへん退屈で寝そうだった】付箋にはなかなかの達筆でそう記されていた。まさしくメモどおりに授業は進み、篠宮は堂島と秘密を共有した心地だった。

放課後がこれほど待ち遠しかったのは初めてだ。

自転車は置いていく、と堂島はこともなげに言い、篠宮と肩を並べて校門を出た。

地下鉄で新宿に行き、映画館で席を予約してから、腹拵《はらごしら》えをしにハンバーガー店に入った。

ハンバーガーも映画も篠宮にとってはそう親しんだものではなく、堂島が慣れた態度で何もかもやってくれるのが頼もしかった。

堂島は堂島で、篠宮があまりにも何も知らないので驚いたようだ。

「見た目の印象を裏切らないよなぁ、篠宮は」

すっと目を細めて何やら感心したように言われ、篠宮はどう返事をすればいいかわからなかった。自分が傍からどんなふうに見えているのか、聞くのが怖い気がする。おそらく、陰気とか、面白くないとか、取り澄ましている、などといった言葉が並ぶのだろう。

「やっぱり後悔してる？　僕を誘ったこと」

我ながら自虐的だと思ったが、そうならそうと言ってもらったほうがこの先あらぬ期待をせずにすむので、勇気を出して聞いてみた。

「なんで？」

堂島はまともに面食らった顔をする。

なぜ篠宮がそんなふうに言うのか本気でわからないようだった。

「それどっちかっていうと俺の科白だろ。無理やり映画だファーストフードだって引き回されてうんざりしてないか？」

「ぜんぜん」

篠宮は慌てて胸の前で手を振り、否定した。

「映画、久しぶりで楽しみだし、ハンバーガー美味しかったし。物理の教科書貸しただけでこんなにいいことあるんなら何度でもどうぞって……感じ」

篠宮の返事を聞いた堂島は目を輝かせ、少しばかり面映《おもは》ゆそうに「ふうん」と相槌《あいづち》を打って口元を綻ばせた。

「よかった。そう言ってもらえて」

そして、いきなり耳元に顔を寄せてきて小声で囁く。

「もしかしたら周りのやつらに『初デートどうだった?』なんて冷やかされるかもしれないけど、気にするなよ」

えっ、と首を傾げると、堂島は大人っぽく含み笑いをした。

「うちは男子校だから、篠宮みたいに綺麗な男は放っておかれないんだよ。だけど、こう言っちゃなんだけど篠宮はあんまり愛想のいいほうじゃないだろ。へたにちょっかいかけたらしっぺ返しがきつそうで、みんな遠巻きにしてるんだ」

そんな話は初耳だ。篠宮は眉をひそめ、意味がわからない、と呟いた。

「まぁ、篠宮はわからなくたっていいよ」

堂島はうやむやにしたままこの話を切り上げ、「そろそろ行こうか」と促してきた。

映画は最近増えてきたＶＦＸ《ビジュアルエフェクツ》が売りのＳＦで、臨場感があってとても面白かった。感動して涙ぐむシーンもいくつかあり、帰り道で堂島と感想を語り合ったら、結構意見が合っていて、篠宮はいつになく饒舌《じょうぜつ》に喋り続けてしまった。もしかすると堂島は篠宮のめったにない興奮ぶりに引いたかもしれない。

「ありがとう、わざわざ家の前まで送ってくれて」

「約束だっただろ」

明日また学校に行けば会えるかもしれないというのに、別れ難い気持ちが湧いてきて、しばらく門のところで堂島と向き合ったまま、ほかに何か言うことはないかと探していた。

「じゃあな」

最後は堂島がけりをつけた。

夜道を大股で歩き去っていく後ろ姿が角を曲がって見えなくなるまで、篠宮は家に入る気になれずに見送った。

あともう一月半もすれば高等部に進学するという、寒い日の出来事だった。

＊

一度一緒に映画に行ってから、篠宮は堂島と急速に親しくなっていった。

最初はそれこそ、自分なんかが堂島とこんなに仲良くしていいのだろうかとおこがましい気持ちで、ほかの学友たちに申し訳なく感じていたが、そのうち周囲が自分たちを親友同士だと当たり前のように認めていることに気がつき、変な遠慮はしなくなった。

高等部二年のときには堂島の強い推薦を受けて生徒会役員に立候補し、次点に大差をつけて当選した。

堂島が会長、篠宮が副会長で、この頃にはもう完全にペア扱いだった。

「篠宮、堂島がどこにいるか知らないか?」

教職員まで篠宮の顔を見ると堂島のことを聞いてくるほどで、二人の仲のよさは学院中に知れ渡っていた。

互いの家にもちょくちょく遊びに行き、それぞれの両親とも面識ができた。

篠宮のところはごく一般的なサラリーマン家庭だ。父は大手商社の部長職、母は専業主婦である。五つ上の兄はフランス語専攻の大学生で、都内のマンションに一人暮らししていて家にはいなかった。

高等部になって身長がいっきに百八十を超えるまでに伸びた堂島は、街を歩けばたいていの女性が振り返って感嘆し、憧れのまなざしを注ぐような、堂々たる風格の男になっていた。立っているだけで人目を引き、芸能関係のスカウトマンからよく声をかけられたらしい。篠宮の母も堂島が来るたびに惚れ惚れとし、「一威くんは俳優かモデルにでもなればいいのに」と、まんざら冗談でもなさそうに言っていた。

まだ将来何になるのか漠然とした考えしか持たなかった篠宮に対し、堂島は早くから自分の道を決めていた。

「親父が始めた会社を引き継いで大きくするのが俺の目標だ。まずは大学で電気工学を学んで製品の開発に必要な技術を習得して、ゆくゆくは経営のほうの勉強もしたいと思っている」

はっきりと先を見据え、そこに向かって真っ直ぐに進んでいる堂島が眩しく、迷いのなさが羨ましかった。

堂島の父親は東蒲田《ひがしかまた》に工場を持つ堂島電機の社長だ。

一度、堂島に付き合って工場の横に建つ本社ビルに行き、会ったことがある。堂島が母親から言付かったものを渡し、「今日は何時頃帰れるのかって、母さんが」「八時くらいだろう」などと親子の会話を交わすのを、傍らで見ていた。

堂島は一人っ子だ。そのせいもあり、幼い頃から自分が後を継ぐのだという自覚がごく自然に芽生えたという。誰に強要されたわけでもなく、自らの意思でそうした決意が生まれたのは、父親の実直で真面目な背中を見て育ったかららしい。

篠宮の目にも、堂島の父親はとても懐の深い、信頼できる人物に見えた。

高校生の自分たちを頭ごなしに子供扱いしたりせず、きちんと話を聞いて意見をいい、押しつけない。大人に対するのと変わらない真剣さで向き合ってくれるのだ。

「素敵なお父さんだね」

お世辞でもなんでもなく篠宮が言うと、堂島は「そうか？」と苦笑しながらも、明らかに誇らしげだった。

「不器用で、バカ正直で、仕事以外にはなんの楽しみも持たない堅物だよ。もともとが技術畑の人間だから経営のほうは専務に任せっきりで、自分は年中作業服着て現場に出てる。気取らないっていうか、頓着しないっていうか」

「素敵だよ」

篠宮は語気を強めて繰り返す。

背はそれほど高くないが、すっきりと引き締まった体型や目鼻立ちのくっきりした顔つきは堂島と似ていて、大人になったら堂島もこんな感じになるのかなと想像した。

社長になった堂島を思い描くのは容易かった。

今でも堂島には人の上に立って采配《さいはい》をふるうリーダーの資質がある。大勢の人間が堂島に魅了され、自分たちを率いてほしいと期待する。堂島もまた、己の役割を受け入れ、皆のために尽くすのを厭わない。人にはそれぞれあるべき場所があるのだと篠宮は思う。まだ自分の居場所を見出せずにいる己が腑甲斐《ふがい》なく、焦りを覚えた。

生徒会室で二人だけのとき、よく堂島と将来の話をした。

「篠宮は努力家だから、なりたいものがなんだかわかったら、どんな苦労をしてもそれになろうとするし、きっとなれるよ」

堂島はそう請け合ってくれたが、篠宮は半信半疑だった。なにしろ、まずそのなりたいものというのがピンとこない。

大学は堂島と同じところを目指すつもりだ。理系よりは文系のほうが得意なので、そこまでは決めている。文学や語学という柄ではないから、経済学か法学か、おそらくそのあたりを選ぶことになるだろう。

「篠宮とは大学以降もずっと付き合っていけたらと思ってる」

ふと真顔になって堂島に見据えられ、篠宮は秘めた気持ちを見透かされそうな気がして狼狽えた。

堂島のまなざしに熱っぽさが含まれているようで、あり得ない望みを抱きそうになる。

不思議なことに堂島に彼女はいない。出会いは多々あるはずだが、本人にその気がまるでないのだ。

『興味なくはないが、それより篠宮と一緒に何かするほうが面白い』

いつだったか堂島にそう言われたことがある。

心の底から嬉しかったが、だからといってそれ以上期待してはいけないと自分に言い聞かせた。堂島にその気があるとは思えない。あれば、二人きりのとき、少しくらいそれらしい雰囲気になっただろう。

大学生になったら、さすがに堂島にも彼女ができるに違いない。それまでには篠宮も気持ちの整理をつけて、生涯友情を貫けたらと思っている。だから、堂島の言葉は願ってもなかった。

「もちろん僕もそのつもりだ。堂島とは長く付き合っていきたい」

篠宮も真摯な口調でそう返事をした。

お互いの友情は変わらないだろうと信じたのだ。

「サンキュ」

堂島はすっと目を眇め、どこかせつなそうな表情を一瞬浮かべたが、すぐにいつもの快活な顔に戻り、バンと平手で篠宮の背を叩いた。

「よし、じゃあ、副会長殿には今日はとことん学祭実行委員会向けの資料作りを手伝ってもらおうか。ここは九時には閉めて鍵を返さないといけないから、その後はうちでやろう。明日は土曜だし、できれば泊まっていってくれたら助かる」

「親に連絡しておくよ」

生徒会役員になってから、堂島の家に泊まっていくこともときどきあった。

堂島の母親は料理の腕をふるうのが好きだそうで、食べてくれる人数が増えると張り切り甲斐がある、と篠宮を歓迎してくれた。レストラン顔負けの手の込んだメニューの数々に目を瞠ったものだ。篠宮のうちではとてもこうはいかない。

会社経営者の父親と、家庭的な母親、優秀な息子——篠宮の知る堂島家は絵に描いたような理想の一家だった。

高校三年のとき再び同じクラスになった。中学一年以来五年ぶりだ。

篠宮たちが希望する大学は都内でも難関で知られる名門私学で、六月に生徒会役員を引退してからは、受験勉強に打ち込んだ。偏差値的には十分合格圏内の実力があると教師からは太鼓判を押されていたが、篠宮は万が一を怖れた。

度胸の据わった堂島とは違い、篠宮は本番で緊張するタイプだ。普段どおりの実力が発揮できるかどうか心配で、多少の失敗を補ってなお余りある成績を確実に取れるようにしておきたかった。

「雅葦《まさよし》は完璧主義だもんな。慎重だし」

「俺はきみほど自分に自信がないんだ」

すっかり砕けてお互い言いたいことを言い合う仲で、篠宮は堂島の歯に衣着せぬ鋭い物言いが好きだった。目から鱗《うろこ》が落ちる気分になったことが何度もある。ただ勉強ができるだけではなく、本当の意味で頭がいいんだなと、そのたびに感心した。

「法律家とか向いてるんじゃないか」

あるとき堂島にそう言われて、篠宮はそちら方面の職業を意識しだした。

「どうせなら司法試験合格を目指してみればいいんじゃないか。国家資格試験の最高峰だ。征服のし甲斐があるぜ。裁判官とか、雅葦に合いそうだ」

「裁判官は無理かもしれないけど、検事か弁護士にはなれるかも」

「なんで裁判官はだめなんだ?」

「いろいろ調べてみたら、司法試験に通って研修を受けたとき、裁判官になるのはその中でも特に優秀な人らしかったから。それに、裁判官になると友達と外で食事するのも憚られるほど規制が多いみたいだし」

「そうか。なら、雅葦は検事になるといい。弁護士は自由業だから雅葦にはあまり向いてない気がする。もちろん、なりたきゃなってもいいと思うけど」

法学部を目指すと決めたのは、堂島とこうした会話をしてからだ。

目標が定まると受験勉強にいっそう身が入った。

それにまた、堂島の肝の据わり方、余裕綽々《よゆうしゃくしゃく》とした態度を間近に見ていることで、篠宮は自分でも気づかぬうちに影響を受けていたようだ。

入学試験本番でも思ったほど上がらず、自己採点してみるまでもなく、合格ラインを超えている自信があった。

社会人になれば嫌でも同じ道は歩けなくなる。

せめてあと少し、大学の四年間は堂島の近くにいたい。堂島本人には口が裂けても言えないが、篠宮は胸の内で真剣にそう願っていた。それが叶うとわかって心底ホッとした。どこにどんな落とし穴が待ち構えているかしれないため、実際に合格通知を手にするまでは気が気でなかったのだ。

三月初めに行われた高等部の卒業式で、堂島は卒業生代表に選ばれた。

答辞を読む姿は堂々としており、凛《りん》とした声が水を打ったように静かな講堂に響き渡るのを、出席者一同、感嘆しながら聞いた。

堂島に影響されたせいか、篠宮も中等部の頃とは人が変わったように活発になり、物怖じしなくなったとよく言われる。ときには辛辣《しんらつ》ではっきりした物言いもし、堂島と意見交換するときにも遠慮しなくなった。

卒業式のあと、同級生、下級生を問わず何人もから「記念に一緒に写真を撮ってください」「制服のボタンをくれませんか」と声をかけられ驚いた。堂島もあちこちで掴まってはもみくちゃにされていたが、まさか自分までそういった頼み事をされるとは思ってもみなかった。

「雅葦はそろそろ自分のことをもっと客観的に見て把握したほうがいいな」

野際学院からの最後の下校のとき、肩を並べて歩きながら堂島が苦笑して言った。

「おまえ鈍すぎるところあるし、いつか思い詰めたやつが出てくるかもしれないから、気をつけとけよ」

篠宮はドキリとした。

自分にそんな感情を持つ人がいるとは想像もつかず、現実味がないのだが、篠宮の堂島に対する気持ちならばいつかそうなってもおかしくないと思い、釘を刺された心地がした。堂島にはそんなつもりはまったくなかったに違いないが、牽制されたようで後ろめたさが膨らんだ。

「ああ。心に留めておく」

上の空で返事をしつつ、胸の激しい鼓動が早く収まればいいと気が気でなかった。

堂島に邪な感情を持っている。薄々ながら自覚したのは生徒会役員をするようになって、一緒にいる時間が格段に増えてからだ。

この想いは絶対に秘密にしておかなければいけない。

でなければ堂島に引かれてしまう。

最初から実を結ぶ想いだとは考えていないので、どれだけ苦しくとも忍ぶしかない。

篠宮は固く決意していた。

——思い詰めたやつ、に自分自身がならないよう気をつけなければ。

「腹が減ったなぁ」

傍らで堂島がのんきに呟く。

二人の前後を取り囲むように歩いていた卒業生たちの中に、「ハンバーガーで打ち上げしようぜ！」と言いだす者があり、皆で寄り道することになった。

初めて堂島に誘われて入ったハンバーガー店と同じ系列の店で、篠宮は、あれが始まりだったなと、一人感慨深い気分になっていた。

2

「よっ篠宮、もう昼飯食った？　まだなら一緒に揚々軒《ようようけん》に行かね？」

昼時にキャンパスを歩いていた篠宮は、同じ法学部の赤井《あかい》に声をかけられ、「いいよ」と誘いを受けた。

安い、早い、量が多いと三拍子揃った近くの中華料理店で、店内も小綺麗なため女子学生の間でも人気がある。油っぽい食べ物がそれほど得意でない篠宮は誘われない限り一人では入らないのだが、ここの中華そばはスープが美味しくて、ときどき食べたくなる。

「なんか塞いだ顔してるけど、どうかしたのか？　あ、もしかして夏バテ？」

「うん、まぁ」

九月に入ってもまだまだ残暑は厳しく、日向を歩くとジリジリ鉄板の上で焼かれているような錯覚に陥るほどだ。夜になっても気温は下がらず、窓を開けても風はそよとも入ってこない。冷房に当たりすぎると体調が悪くなる篠宮には、辛い毎日が続いていた。床に就いても、寝苦しくてよく眠れない。

そんな肉体的なきつさもあるのだが、それより篠宮が鬱々としてしまいがちなのは、夏期休暇に入ってからぱたりと連絡が途絶えてしまっている堂島のことが気になるからだ。

かれこれもう二ヶ月近く堂島と話をしていない。大学にも出てきていないらしく、工学部の友人に聞いても、何も知らないと首を傾げるばかりである。

携帯電話にかけても、いつも留守番電話サービスに繋がって、本人は出ない。伝言を残しても折り返しかかってこないことから、当初篠宮は、何か堂島を怒らせるようなまねをしたのだろうかと悩んだ。

しかし、最後に会ったときのことを反芻してみても、思い当たる節は皆無だ。夏期休暇に入る直前の日曜日、二人で海までドライブし、次に来るときは泳ごう、サーフィンもしてみたい、などと笑いながら約束した。去年、大学入学前の休暇中に運転免許を取得した堂島は、入学祝いに親から贈られた愛車をとても大事にしていて、しょっちゅう篠宮をドライブに誘ってくれていた。その日も堂島のほうから「海でも見に行かないか」と言い出して、終日たいそう機嫌がよかった。夜、自宅の前で降ろしてもらって別れたあと、『今日はありがとう。楽しかった』とメールを打ったら、すぐに『俺も。付き合ってくれてサンキュ』と返信があった。だから、どう考えても篠宮には急に堂島と連絡がつかなくなった理由がわからないのだ。

ドライブに行った際、堂島は、来週から母親のお供で祖母の家に行くと言っていた。そのときの話では、「たぶん十日か二週間くらいだろう」とのことだった。長野《ながの》の山の中だそうで、涼しいから避暑にはもってこいだが、携帯電話の電波が届かないのが困ると半ば冗談で渋い顔をしていた。

「田舎から帰ったら連絡する」

堂島は確かにそう言っていたのだ。

それが、三週間経っても何も言ってこない。電話をかけても繋がらない。

とうとう篠宮は何かあったのではないかと心配になり、堂島のマンションを訪ねてみた。

堂島は大学入学を機に実家を離れて広めのワンルームを借りていた。卒業したら嫌でも実家に戻るのだから、大学の四年間くらい一人で生活してみたいと両親に頼んだら、あっさり許可してくれたらしい。その分、予備校で講師のアルバイトして生活費は自分で稼いでいるようだった。何もかも親に甘えるのはプライドが許さなかったのだろう。

マンションに堂島はいなかった。

たまたま玄関から出てきた隣室の住人に聞いてみると、もうずっと見かけていないと言う。

もしかするとまだ祖母のところにいるのだろうか。

堂島の実家にも電話をしてみたが、こちらも誰も出てくれず、確認しようがなかった。

仕方がないので、堂島からの連絡を待つことにしたのだが、結局、夏期休暇が終わってしまっても音信不通のままだった。

さらには、大学の講義が再開されて一週間が過ぎたというのに、堂島はまだ姿を見せない。

いったいどうしたのかと篠宮は苛々していた。

どういう事情があるにしろ、一言ぐらい連絡を寄越してもいいはずだ。何か困ったことが起きたのなら相談ぐらいしてほしい。もしかしたら力になれることが一つくらいあるかもしれないだろう。

もともと堂島は、人の悩みは聞いても、自分の弱みは晒そうとせず、一人で踏ん張って解決しようとするところがある。確かに堂島にはそれだけの強さがあると思うが、ときには人を頼ってもいいはずだ。

明日も連絡してこなかったら本気で絶交するぞ——篠宮もさすがに怒りが湧いてきた。

揚々軒は混んでいたが、運よく奥のテーブル席の客と入れ違いで座れた。

篠宮はいつものとおり中華そばを頼み、テーブルに用意してある氷水をグラスに注ぐ。一つを向かいに座った赤井に差し出した。

「サンキュ」

赤井は腕を伸ばして近くのラックから週刊漫画誌を取ると、膝の上に広げて読み始めた。

壁に向かう形でテーブルに着いた篠宮は、手持ち無沙汰に貼られたポスターを眺め、しばらくぼうっとしていた。

堂島のことを考えだすと不穏な気持ちにばかり駆られるため、意識的にほかのことに注意を向ける努力する。

隣のテーブルを占めている三人組も同じ大学の生徒のようだった。

　ふと、彼らの会話が耳に入る。

「そういやぁ堂島のやつ、今日久しぶりに見かけたら、なんかえらく雰囲気変わっててさぁ。ちょっとびっくりしたぜ」

「ああ、石原《いしはら》もなんかそんなこと言ってた」

「……へぇ、あいつやっと出てきたの？」

　堂島の名前が出た途端、篠宮は鋭く反応し、彼らの話を一言も洩らすまいと聞き耳を立てた。

　堂島が今日大学に来ていた。

　篠宮は居ても立ってもいられない心地になり、三人のうちの誰とも面識がなかったにもかかわらず、「あの、ちょっとすみません！」と横から身を乗り出して話に割って入った。

「それ、工学部の堂島一威のことですか。いつ、どこで彼を見たんです？」

　勢い込んで聞く。

　三人は一様にあっけにとられていた。なんだこいつ、という目で胡散臭《うさんくさ》そうに篠宮を見る。

「おたく、誰？」

　そのうちの一人が不愉快なのを丸出しで、篠宮のほうに顎をしゃくる。

「お、おい、篠宮。どうしたんだよ」

　漫画雑誌から顔を上げた赤井が困惑した様子で篠宮と向こうの三人とを交互に見やる。

　そこにちょうど店のバイトの女の子が、「お待たせしましたぁ」と中国語訛《なま》りの日本語で声をかけ、篠宮たちが注文した品をテーブルに置いていった。

お陰で妙な空気がいったん崩れ、篠宮は冷静さを取り戻すことができた。

「いきなりすみません。法学部二年の篠宮といいます。お話に出てきた堂島が俺の探している工学部二年の堂島一威のことなら、今日中に連絡が取りたいので、いつどこで会ったか教えていただきたいんですが」

礼儀正しく丁寧に説明すると、三人もなぁんだというように態度を軟化させた。先ほどは篠宮がつい先走りすぎたため、警戒されたらしい。

「その堂島一威だよ。俺が見かけたのは三十分くらい前だったかな。C棟に入っていってたから、学生課にでも用事があったんじゃないの」

三十分。それなら、うまくすればまだキャンパスのどこかで捕まえられるかもしれない。

篠宮は三人に礼を言うと、中華そばを食べていた赤井に自分の分の代金を預け、一箸もつけずに揚々軒を出た。

走ってキャンパスに引き返す。

こちらに戻ってきていたのならなぜ連絡をくれないんだ、と頭の中は憤懣《ふんまん》でいっぱいだ。今までどこにいたのか知らないが、あれだけ何回も留守番電話にメッセージを残したのだから、一言くらい知らせてくれてもいいだろう。

とりあえずC棟に向かった。

気が急いていたため、前を横一列になってだらだら歩く女性三人に辛抱できず、「すみません！」と謝って無理やり追い越した。

「ちょっと、何よ今の！」

背中越しに文句を浴びせられる。だが、篠宮には頓着する余裕はなかった。

篠宮がこんなふうになりふりかまわないことをするのも、堂島が不義理なせいだ。

C棟の出入り口付近で、篠宮はちょうど中から出てきた学生課の女性職員と鉢合わせして正面からぶつかりかけた。

「きゃ……！」

「すみませんっ」

間一髪で踏みとどまって事なきを得たものの、あたりに彼女が両腕に抱えていたファイル類がバサバサと落ちて散らばった。

篠宮はもう一度謝り、屈んでファイルを拾うのを手伝う。

全部集めて、女性職員に手渡したところに、また人が来合わせた。

気配を感じて背後を振り返った篠宮は、探していた堂島の姿をそこに見つけ、目を見開いた。

「……何してんだ、おまえ」

堂島のほうは、それほど驚いている様子はない。キャンパスにいる限りいつ篠宮と出会《でくわ》しても不思議はないと思っているようだ。

篠宮は堂島が開口一番に口にした言葉に頭が爆発しそうなほどの憤りを感じた。

「何してるんだはこっちの科白だろう！」

怒りのあまり声が震える。

女性職員はそそくさと逃げるように立ち去った。

もっと言いたいことは山ほどあったが、そこから先は言葉にならず、怖い目で堂島を睨むだけで精一杯だ。

堂島のほうもしばらく篠宮に感情の籠もらないまなざしを向けていたが、やがてフッと溜息をつくと、こちらに向かって歩いてきた。

篠宮の脇を通るとき、「来い」と目で促す。

一ヶ月半会わない間に、堂島の雰囲気はがらりと変わっていた。

咄嗟に感じたのが、荒んだような雰囲気だ。何もかもに嫌気がさしたとばかりの投げやりな印象が全身に醸し出されていて、堂島を怖くて近寄り難い男に思わせる。

篠宮に対する態度も以前とは打って変わってぶっきらぼうで、どこにも親しさを感じさせるところがない。

堂島の変わりように篠宮はショックを受けた。

やはり、何かあったのだ。それも、とてつもなく大きな何かが。そうでなければ、人がこんなに突然変わるとは考えにくい。

堂島は篠宮がついてきているか確かめもせず、大股で歩いていく。

歩幅の大きさが違うため、篠宮は堂島の背中を追うのに早足にならねばならなかった。

以前なら、当たり前のように歩調を合わせてくれた堂島が、人のことになどかまっていられるかと言わんばかりの態度だ。横柄で傲慢——まさにそんな感じだった。

きつい日差しが容赦なく照りつける中、堂島は体育館裏の日陰で足を止めた。

「で？」

壁に背中を凭れさせ、胸の前で腕を組み、なんの用だと篠宮に冷ややかな視線を向けてくる。

篠宮はなぜこんなふうになるのかわからず、困惑した。

通常ならば、堂島のほうが篠宮にずっと連絡しなかったわけを説明してくれるものではないのか。べつに謝ってもらいたいとは思わないが、少しくらい悪びれたところを見せてくれてもいい気がする。

しかし、堂島が自分から進んで話をする気配はない。

仕方なく篠宮はちらりと唇を舐めて湿らせ、硬い声を出す。

「何回も電話やメールをしたのに、一度も返事をくれなかったのは、何か家のほうであったからなのか？」

「まぁな」

堂島の返事はそっけないくらい短く、答えにも何もなっていなかった。

いくらなんでも失礼すぎて、篠宮は呆れを通り越して唖然とした。

「……まぁな、ってなんだよ。もっとちゃんと話してくれてもいいはずだろう」

それでも篠宮は懸命に冷静さを保ち、堂島が説明してくれるのを辛抱強く待つ。

堂島は篠宮に向けていた視線を外して足元あたりの地面に落とすと、少しの間、言おうか言うまいか逡巡しているようだった。

ここで急かしたら堂島は二度と口を開かなくなる気がして、篠宮は息をするのさえ気遣った。

「そうだな、おまえには知らせておくべきだな」

一分が十分にも感じられた沈黙の末、堂島がぽつりと言う。

篠宮はさらに緊張の度合いを高めた。これからどんな話を聞くことになるのか想像もつかない。いい予感はまるでしなかった。それゆえに身構える。

「実は、母親が父親と別れたのをきっかけに鬱病《うつびょう》に罹《かか》った。今は専門の病院に入院している。それで俺は諸々の手続きやら処理やらでずっと慌ただしくしていた。おまえに連絡しないと心配しているだろうとは思ったが、事が事だけに俺も心の整理がつかず、延ばし延ばしにしていたらますます話しづらくなったんだ」

堂島の話は予想以上に重く、篠宮は咄嗟に言葉を見つけられなかった。

こんな大変なことを、感情を押し殺して淡々と喋る堂島の気持ちを考えると、胸が痛んでせつなくて、篠宮のほうが動揺していた。

「別れたって……どうして……？」

よその家庭の事情を詮索するようなことを聞いていいのかと迷いもしたが、確かめずにはいられなかった。あれほど仲睦まじく見えた夫婦が別れるなど、何かの間違いだとしか思えない。

「いろいろあったんだ」

堂島は詳しく話そうとせず、篠宮をジロリと牽制する目つきで一瞥した。これ以上立ち入るな、と拒絶されたのを感じ、気になりはしたがもう聞ける雰囲気ではなかった。

「きみはお母さんのほうと暮らすことになったのか？」

質問を変え、遠慮がちに訊ねる。

堂島は仏頂面のまま頷いた。

「姓は堂島のままだ。だからこれまでと何も変わらない。ほかのやつらにはこのことは喋るな。いいか」

「もちろん、誰にも言わない」

篠宮の口から人に話せるような内容ではなく、篠宮は堂島にわざわざ口止めされたことに傷ついた。そんなに自分は信用されていないのかと悲しくなる。

「もういいか」

堂島は一刻も早くこの場を切り上げたがっているようだった。

篠宮自身、衝撃が大きすぎて、気安くあれこれ聞けるような心境ではなくなっており、引きなったらしい。

止める術《すべ》がなかった。

かといってすんなり頷くこともできずに黙り込んでしまうと、逆に堂島のほうがバツが悪くなったらしい。

「親父の工場が人手に渡ったんだ」

唐突に、今回の一件の核心部分であろう一大事について話しだす。

「堂島電機の看板は下ろして、親父は山ほどの借金を負うことになった」

それで離婚したのか……篠宮はそう考えてとりあえず納得した。妻にまで借金を背負わせないために離婚するのはよくあることだ。しかし、それで堂島の母親が精神を病んでしまったのでは、元も子もない。篠宮は堂島の母親の顔を脳裡に浮かべ、苦労知らずのお嬢さん育ちふうで綺麗なお母さんだったなと思い出し、砂を噛んだような気分になった。

「俺も今住んでいる部屋は引き払うことにした。車も売る」

確かにそうせざるを得ないだろう。

篠宮には何一つ手助けできそうなことがなく、勇んで堂島を捕まえ、なぜ相談してくれなかったと詰るつもりだった己を恥じた。結局はなんの力にもなれないのだ。

「新しい住所が決まったら教えてくれるよな？」

「……ああ」

僅かの間を置いて堂島はその場凌《しの》ぎのような返事をする。

篠宮はにわかに不安に襲われた。

もしかすると、堂島はこれを機に篠宮と距離を置こうとしているのではないか。漠然とそんな予感がした。

「一威、俺に何かできることがあったら……」

「今はない」

最後まで言い終わらないうちに堂島は切って捨てるように断言する。

篠宮はぐうの音も出なかった。

「これからしばらく俺は忙しくなる。おまえとも、これまでみたいには付き合えなくなるだろう。だからといって、べつに含みがあるわけじゃない。そのうち落ち着いたら、また前みたいにちょくちょく会って一緒に映画を観たり飯を食ったりできる。悪いが今は、俺のことは放っておいてくれ」

「……わかった……」

この場は聞き分けたふりをするしかなかった。本音は、納得のいかなさが胸の内で渦を巻いているが、言ったところで堂島は聞く耳を持たなさそうだ。

堂島は壁から背中を起こすと、話はこれまでだとばかりに踵《きびす》を返しかける。

「待ってくれ、一威！」

篠宮は急いで引き止めた。

まだ何かあるのか、と堂島の目が煩わしげに眇められる。剣呑だと感じるくらい冷ややかな目つきで、篠宮は一瞬怯みそうになった。いつからこんな疑心に満ちた目をする男になったのか。驚くと同時に背筋が寒くなる。堂島がどんどん変わっていくようで、篠宮の胸は不穏にざわめいた。

全身から拒絶オーラを発している堂島に、お節介焼きと嫌がられそうなことを言うのは勇気がいったが、言わずにはいられない。

「俺にもおばさんのお見舞いに行かせてくれないか」

高校時代、食事をご馳走になったり、泊まりがけで世話になったりした堂島の母親が具合を悪くして入院していると聞いては、知らん顔するわけにはいかない。

ところが、堂島は「だめだ」とにべもなく断った。

「せっかくだが、会わせられる状態じゃない。気持ちだけ受け取っておく」

とりつく島もないとはまさにこのことだ。

篠宮はもやもやした気分を抱え、「じゃあまたな」といったような挨拶の一つもなく立ち去る堂島の後ろ姿を見送った。

追いかけて、これまでのように肩を並べて歩ける雰囲気ではなかった。

体にフィットしたヘンリーネックシャツを身につけた堂島は、最後に会ったときより明らかに何キロか痩《や》せている。もともと引き締まった体つきをしていたが、以前はあそこまで骨張った印象はなかった。

本当はまだ何か重要なことを隠しているのではないか。ふとそんな気がする。父親が借金を抱えて失職し、母親は精神を病んで入院――それだけでもこれまでの日常を覆す大変な事態だが、このまだ今ひとつしっくりこない感じは、堂島が腹の中を完全に割って見せてくれていないからのように思え、どうにも据わりが悪い。

俺にかまわないでくれ、と言った堂島の言葉が耳に残っている。

プライドが高くて負けず嫌いの男だから、へたな同情はされたくないだろうし、自分でやれることはやる覚悟でいるだろう。

水くさいと感じないでもなかったが、篠宮自身、似たようなところがあるので堂島の気持ちは理解できる。もしこれが自分の身に起きたとすると、篠宮も堂島同様、頑なになって突っ張ってしまうかもしれない。

堂島家がこれからどうなるのかも含め、堂島の進退が気がかりだったが、実際篠宮にできることは何もなかった。

それからまた一ヶ月以上、堂島は大学を休んだようだ。

ようだというのは、堂島は携帯電話の番号を変えたらしく、篠宮が知っている番号にはもうかからなくなっていて、直接話ができない状態だからだ。堂島が今どんなふうになっているのか、事情はまるでわからない。堂島に関する情報はどこからも入ってこなかった。噂話すら聞かない。

そんなふうだから、新しい住所も教えてもらえずじまいで、とにかく本人が大学に出てくるのを待つ以外、連絡のつけようがない状況だ。

篠宮は堂島と関わりがありそうな学友たちはもちろん、講師や教授たちにまで、堂島が大学に出てきたら教えてくれるように頼んでおいた。堂島を心配しているのは彼らも同じで、何かわかったら知らせると約束してくれた。

その甲斐あって、篠宮の携帯電話に工学部の学生が連絡してきてくれたのは、十一月を迎えたばかりの頃だ。

「えっ。堂島が転学部を考えている……？」

昨日の夕方、ふらりと大学に出てきて、担当教官にその相談をして帰ったらしい。電話をくれた学生も、今日の午後この話を耳にしたという。

篠宮たちが在籍する大学では、転学部を希望する者は毎年六月中旬頃の締切日までに書類等を揃えて申し込みをし、八月中旬頃行われる筆記試験と面接を受けて合格すれば、その年次の後期から新しい学部に入ることができる。ただし、一学年落ちることになるため、本来であれば三学年のはずが、二学年になるわけである。

堂島は経済学部に転学部したいと話したようだ。

父親の工場が人手に渡り、将来を考え直す決意をしたのだろう。他人に使われるくらいなら違う道を行くという選択はいかにも堂島らしかった。何をさせてもそつなく器用にこなし、頭もいい男だから、なろうと思えばなんにでもなれるに違いない。

かつて堂島は篠宮が進路を決めかねていたとき、同じように言って励ましてくれたことを思い出す。

あの頃はまさか先々こんなふうになるとは想像もしなかった。

堂島の父親は堅実で、仕事だけが生き甲斐のような真面目な人物だったと思う。技術畑の人間で経営にはさして明るくなかったというが、小さな町工場を二十年近くかけて株式会社にまでした手腕は並々ならぬものだったのではないだろうか。酒は嗜《たしな》む程度、賭事にはいっさい興味がなく、暮らしぶりも分相応で、家族をなにより大切にしていた人が、突然経営に行き詰まり、工場を手放す羽目にまでなるとは、今もって篠宮には信じ難い。

堂島は母親については入院療養中だと明かしたが、父親の消息には触れなかった。それもなんだか堂島らしくなくて違和感を拭えない。自分の親ではないが、篠宮は堂島の父親がどこで何をしているのかも気になった。

少し調べてみると、堂島電機は八月の下旬に金森《かなもり》電機製作所という同業の会社に吸収合併されたことがわかった。以前にも共同開発などで関係の深かった会社らしく、社長の金森と堂島の父親は個人的にも親しくしていたようだ。

おそらく堂島の父親は金森電機製作所に社員として勤めているのではないかと思われるが、

篠宮にはそれ以上調べる術はなく、はっきりしたことはわからずじまいだ。堂島がいつか話してくれるのを待つしかない。

一年を棒に振っても転学部すると決意した堂島が、篠宮にはますます自分から遠ざかっていこうとしているかに思えてせつなかった。

ただの一言も相談されなかったことが予想以上にこたえ、心がざらざらする。

もうこれまでのような親しい付き合いができないだけではなく、ただの友人とすら見なされていない気がして、残念で悔しくてならない。

堂島が心に深い痛手を負っているのは重々理解できるが、だからこそ傍にいさせてほしかった。自分以外にその役目が果たせる相手はいないのではないかと自負していただけに、堂島の拒絶は篠宮の胸を抉《えぐ》る。

その後も堂島はときどき大学に来ては、転学部のための準備を進めていたようだ。

奨学金の申請をして認められたとも聞いた。

だが、電話番号や住所を知っている者はいないらしく、大学以外の場所で堂島が何をしているのかはまったく把握できない。

堂島とキャンパスでばったり顔を合わせることもなくなった。

わざと出会わないように堂島が篠宮を避けているのではないかと疑いたくなるくらいだ。

もしそうだとするなら、そこまでするかと篠宮も腹が立ち、意地になった。堂島の姿を探してきょろきょろするのをやめ、会っても素知らぬ顔で傍らを通り過ぎてやるとムキになった。

あいにく、そんな機会はまだないのだが。

年が明けて、後期試験に備えて図書館で勉強していると、いつだったか篠宮に堂島の転学部のことを教えてくれた工学部生が偶然隣に座りにきた。

「なぁ、あの噂、知ってるか？」

潜めた声でぼそぼそと耳元で囁かれ、篠宮は「え？」と問い返す。

「堂島の父親、自殺してたらしいって話が一部で流れてる」

篠宮はますます目を大きく見開いた。

「いつ……？」

「夏頃」

まさか、そんな、と信じたくない気持ちが広がる一方で、そうであっても不思議はないと冷静に判断する思考が頭の隅に居座っていた。

「……それは、きっと、何かの間違いだろう」

篠宮は唇を舐め、自分自身にも言い聞かせるつもりで噂話を否定する。

そういえば、堂島は両親が別れたという言い方をしただけで、離婚したとは言わなかったことを不意に思い出す。

胸の奥から熱くてせつなすぎる塊が迫り上がり、喉を塞ぐ。鼻の奥がツンとしてきて、目頭が湿ってくる。

篠宮は喉をこくりと上下させ、嗚咽を呑むようにその詰まった塊を嚥下した。

「間違いだと思うよ」

もう一度繰り返す。

堂島が父親の身に起きたことを意図的にぼやかして伝えたのなら、それは触れてはいけない部分なのだ。堂島は誰にも打ち明けたくないのだ。

それなら、篠宮は、堂島の言葉どおり父親は母親と別れたあとどこかに行ったのだと受けとめる。誰に対しても、もちろん自分自身に対しても、それが事実だというふうに振る舞う決意をした。

工学部の彼も「そうかもな」とすんなり引いた。

噂は本当にただの噂で、信憑性《しんぴょうせい》は薄いらしい。

＊

翌年、堂島は予定どおり八月に試験を受けて転学部を果たし、十月から二学年の後期授業を経済学部で受け始めた。

篠宮はそのまま三学年、四学年と堂島より一年先を進み、司法試験に現役合格して卒業後は司法研修所で研修を受けることになった。

堂島とはときどきキャンパスで顔を合わせたが、明らかに彼の態度が篠宮を遠ざけたがっているのと感じられたため、篠宮もあえて素知らぬ振りをしとおした。

辛くて寂しかったがどうすることもできず、ひたすら勉強に逃げた。

お陰で司法試験に受かったようなものだ。

中等部の終わりから高等部を卒業し、大学に入って少しの間、ずっと一番身近な存在だった堂島とこんな形で繋がりがなくなったことが理不尽に思えてならないが、誰に文句を言うあてもなく、こういう縁だったのかと諦めるしかなさそうだった。

3

地検の庁舎を出たところで携帯電話に着信があった。

「もしもし。唐澤《からさわ》か？　久しぶりだな」

『おう。篠宮も元気そうでなによりだ』

かけてきたのは唐澤均史《ひとし》といって大学時代の友人の一人だ。堂島と疎遠になって以来、篠宮が最も親しくしてきたのがこの唐澤だ。

卒業後は大手新聞社に勤め、ジャーナリストとして報道に携わっている。

八年も勤めればもう中堅社員だ。毎日あちこち飛び回り、多忙を極めているらしい。

『今晩あたりまた飲みに行かないか？』

どうやら仕事が一段落ついたようだ。

唐澤はときどきこうして篠宮を誘ってくる。篠宮にはほかにプライベートで親しくしている者がいないため、たまにはいいかと、たいてい誘いに乗っている。

情報通で分析力のある唐澤の話は面白く、しばしば有益な知識を得られるので、ありがたくもあった。

たまたま篠宮もなんの予定もない日だったので、場所を決めて三十分後に落ち合った。

「ここ、美味い魚を食わせるんだ。値段はちょっと張るんだけどな」

掘り炬燵《ごたつ》式になったカウンター席に並んで座ると、唐澤はあれこれと適当に注文を入れ、先に運ばれてきた生ビールのジョッキを掲げて篠宮と乾杯した。食に疎《うと》いが好き嫌いはない篠宮は、唐澤のように仕切ってくれるタイプは大助かりだ。

「俺たちももう三十か。社会人になったら一年なんかほんとあっという間だなぁ」

ビールを飲んで突き出しを摘まみながら、唐澤はしみじみと言う。

「最近、生え際がジリジリ後退してきてる気がしてさ、まさかもうそんな歳かって愕然《がくぜん》としたよ。それに比べたら、おまえは相変わらず若々しくて髪もサラサラで羨ましい限りだぜ」

「べつに唐澤の頭だって気にするほどじゃないよ」

篠宮は苦笑する。気安めでもなんでもなく、唐澤の頭は先々月会ったときとそれほど変わらない。本人の気にしすぎだろう。

「あ、そうだ。変わるの変わらないので思い出した」

唐澤はふっと真顔になり、複雑そうな目をして篠宮を探るように見た。

嫌な予感が篠宮の脳裡を掠める。

もう何年も音信不通のままになっている堂島一威の顔を唐突に思い出す。自分でもなぜそんな連想をしたのか説明できない。だが、それ以外の可能性は微塵も浮かんでこなかった。

篠宮の勘は案の定当たっていた。

「一昨日だったかな、堂島を見かけたんだ。覚えてるだろ、堂島一威。大学二年まで俺たちと同期で、転学部して卒業は一年遅れたやつだ」

「もちろん、覚えてる」

忘れられるはずがなかった。

篠宮はいまだに堂島の存在を引きずっていて、堂島が篠宮の中で占めていた場所を誰にも開け放てずにいるのだ。もしかすると一生そこは埋まらないままかもしれないと、最近思い始めてきた。

その恨めしくも振り払ってしまえない堂島の名を何年ぶりかで聞いた。

心臓が慌ただしく打ち震えだすのを抑えられない。

「どこで彼を……？」

激しく緊張しているのを意識しながら、篠宮は恐る恐る訊ねた。

聡い唐澤には篠宮の尋常でない態度が奇異に映っているかもしれないが、取り繕う余裕はなかった。

「堂島とは中高も一緒で……割合親しかったほうなんだ」

付け足した言葉が我ながら言い訳がましく響く。

唐澤は「ああ」と頷くと篠宮に向けていた顔を正面に戻し、ジョッキを傾けて生ビールを一口飲んでから、おもむろに話しだす。

「池袋《いけぶくろ》の繁華街で、一目でその筋とわかる連中と一緒にいるところを見た」

その筋と聞いて篠宮は目の前が真っ暗になった。

心の奥底に、それを危惧する気持ちが僅かながら燻《くすぶ》っていた。根拠のない不安だったが、最後に堂島と向き合ったときの荒んだ印象、冷淡な態度がどうしても頭から離れず、もしやもしやと憂慮していた。堂島がもしあのときの鬱屈を抱えたままでいるのなら、非合法な組織に惹かれても不思議はない気がする。

全身に怖気が走り、篠宮はぶるっと身を震わせた。

ちょうど出入り口の引き戸が開いて、外の冷えた空気が流れ込んできたため、寒気を感じたせいだと唐澤に勘違いしてもらえたらいいと思う。

「あいつ、すっげぇ貫禄ついてたよ。最初は目を疑った。どっからどう見てもやくざの幹部然としていてさ。一目で高級なのがわかる特上のカシミアロングコートを着てて、足元はガット、たぶんスーツも老舗テーラーのオーダーメードで、ちらっと見えたネクタイがこれまた歯軋りしたくなるほど趣味のいい逸品なんだ」

紳士服には一方《ひとかた》ならぬ興味があるという唐澤の口調は熱っぽい。そこに僅かながら羨望と嫉妬も交ざっているようで、篠宮は、さぞかし堂島は立派ななりをしていたのだろうと推察した。

上背があって肩幅が広く、手足の長い堂島は、昔から痩せすぎず太りすぎない理想的な体形をしていた。スポーツ全般なんでもこなし、中高時代にはいくつもの部から引っ張りだこだったのを思い出す。体育の授業のときの剣道着姿が溜息が出るほど凛々しく、また清々《すがすが》しくて、篠宮は見ているだけで体の芯が熱くなって困った。水泳や陸上のときには、引き締まった足の筋肉に目を奪われたものだ。躍動的で力強く、運動は今ひとつ苦手だった篠宮には溜息しか出なかった。

会えるものなら堂島に会いたい——ずっと篠宮は心の片隅でひそかに願い続けてきた。だが、やくざかもしれないと聞かされては、それも叶わぬ望みだ。検事の職に就いている以上、そういった人間と不用意に関わりを持つわけにはいかない。

篠宮はギリッと奥歯を噛み締めた。

「もちろん、声をかけたりはしてないんだよな?」

「とてもそんな雰囲気じゃなかったよ。あいにくとな」

唐澤は篠宮の顔を横目でちらっと流し見て、期待に添えずに申し訳ないといったふうに肩を竦める。

「堂島は知る人ぞ知る超大物やくざと一緒だった。先にその会長を車に乗せて見送りしてから、スーツ姿の護衛二人にがっちりガードされて自分もべつの車に乗り込んだ。俺が見たのはそこまでだ。あとはさっと走り去っていっちまったからな」

聞けば聞くほど絶望する。少なくとも、堂島が普通の稼業に携わってまっとうな仕事をしているのでないことは明らかだ。一般人が超大物やくざと近づきになる機会はまずない。

「その会長って、まさか……？」

「極芳会《きょくほうかい》の芳村《よしむら》会長だ」

大物もいいところだ。予想どおりの答えに篠宮は自分でもわかるほど青ざめる。

「関東で一、二を争う広域指定暴力団だぞ。三次団体まで併せると総勢二万人近い規模だ」

唐澤はふーっと重苦しい溜息をついた。

「……なんだってそっちに足を突っ込んだんだろうなぁ、堂島のやつ」

やるせなさそうに呟き、またもや含みを込めた目で篠宮を見やる。

「ここにやつのことを何くれとなく気にかけて話題にしている同窓生が二人もいるってのに」

「俺は、もう、考えないようにする」

篠宮は本心を押し殺して言った。わざわざ唐澤の前で宣言することで、自分への戒めを強くしたかった。そうしなければ、篠宮の決意は感情に負けていつ崩壊しないとも限らないからだ。自分のことは自分が一番わかっている。堂島が絡むと篠宮は情動に駆られて平常心を失ってしまうかもしれない。

「できるならそれが最良だと俺も思う」

唐澤は店のスタッフを呼んで熱燗《あつかん》を一本頼むと、篠宮の肩にポンと手を置き、ぎゅっと一握りしてから離した。

「今夜は飲もう。外はすっげー寒いし、俺たちはお互い恋人もいない寂しい身だし」

「俺はべつに寂しいと思ったことはないよ」

篠宮はさらっと嘘をついた。

勘のいい唐澤に、堂島への想いを気づかれたくなくて、今は仕事のことしか頭にないと言い添える。これはまんざら嘘ではない。

「篠宮さぁ、確か男子校出身だろ。正直に言えよ。そっちの経験、あるんだろ？」

「もう酔ったのか？　酔うのはこれからだろ」

篠宮は一笑に付し、運ばれてきたばかりの熱燗を唐澤の手元の杯に注ぐ。

ちぇっと唐澤は残念そうに舌打ちする。

「篠宮が堂島と寝てたって俺は全然驚かないのに、こういうはぐらかし方はうまいんだからな」

「寝てないよ」

ここは篠宮もはっきり否定した。

「堂島が俺なんか相手にするはずないだろ」

「どうなんだろうな」

それに対する唐澤の返事は妙に歯切れが悪かった。

＊

十二月になった。

クリスマスムード一色の街を人混みに紛れて歩いていた篠宮は、通り沿いに建つ大型書店の袖看板を見て、そういえば買いたい本があるのだったと思い出す。

明日は公休日だ。たまには小説でも読んで一日ゆったり過ごすのもよさそうだ。

暖房の効いた店内は外の寒さが嘘のように暖かで、篠宮はホッと人心地つく。

文芸書コーナーに平積みされていた目当ての本を手に取り、ぱらぱらとページを捲ってところどころ斜め読みしていると、うっかり中に挟んであった新刊案内の栞《しおり》を落としてしまった。

篠宮が拾うより先に、傍にいたスーツ姿の男性が床に身を屈めて取ってくれた。

「すみません！　ありがとうございます」

恐縮して受け取り、礼を言う。

「どういたしまして」

相手の男は淡々とした調子で返すと、睫毛の長さが際立った切れ長の目で篠宮を不躾《ぶしつけ》なくらいジッと見据え、フッと小馬鹿にしたように唇の端を上げる。

拾ってもらっておいてなんだが、お世辞にも感じがいいとは言えない男だ。どこか人を見下した目をしている。ほっそりしていて色白で、たいそうな美貌の持ち主だが、篠宮は敬遠したいタイプだった。

「東京地検刑事部の篠宮雅葦《まさよし》検事、ですよね」

いきなり男にずばりと名指しされ、篠宮は驚きのあまり今度は手にしていたハードカバーの小説本を滑り落としそうになった。

「……あなたは？」

事件関係者などで面識があれば篠宮は絶対に覚えている自信がある。もちろん全員記憶しているとまでは言わないが、これだけ印象的な容貌をした男を忘れるはずがない。篠宮は彼とは初対面のはずだった。

「失礼しました。私は三輪《みわ》と申します。今後何かとお世話させていただくことになるかと存じますので、よろしくお見知りおきください」

篠宮と同年配か、もっと若いくらいだと見受けられるのだが、執事のように慇懃《いんぎん》な喋り方をする。仕立てのよさそうなダークグレーのスーツを一分の隙もなく着こなしていて、見た感じもホテルマンか秘書かといった印象だ。

言葉遣いは丁寧なのにもかかわらず、やはり先ほどから感じるとおり、どこか皮肉っぽくて好感は持てない。なにより、言っていることが意味不明だ。どこかでほかの誰かと名前を取り違え、間違って篠宮の許に来たのではないかと疑いたくなる。

困惑したまま黙っていると、三輪は肉薄の唇を歪め、クスッと嗤った。

「今日のところはご挨拶だけで失礼させていただきます。近日中にまたお目にかかりますので、その際にはよろしくお願いいたします」

「わけがわからない。いったい、どこのどなたですか」

とうとう篠宮は、三輪の要領を得ない一方的な話しぶりにムッとして、心持ち声を荒げた。

三輪は篠宮の質問には答えず、代わりにこう言った。

「その本、お買いになるのですか？　退屈でつまらない純文学気取りの駄作でしたよ」

思わず手にした本に視線を落とす。

再び顔を上げたとき、すでに三輪の姿はなくなっていた。

狐《きつね》に摘まれた気分だ。

ツンと取り澄ましていて慇懃無礼で、最後はズケズケと容赦ない言葉を並べ立て、視線を外した僅かな間に、マジックでも見せるかのごとく掻き消えてしまった。

なんだったのかさっぱりわからず、首を傾げるばかりだ。

三輪の意見に左右されて買うのをやめたと思われるのが癪で、篠宮はもともと購入予定だったハードカバーの小説をレジに持っていった。

マンションの部屋に戻って、レトルトのカレーで簡単に夕食をすませたあと、さっそく読み始める。

一段組みでそれほど長い小説ではなかったが、癖のある文章とリズムが合わず、なかなか読み進められなかった。

そのうち眠気が差してきて、午後十時半という早い時間にベッドに入って寝てしまい、翌日また続きを読んだ。

昼前には読み終えたものの、面白かったかと問われるとノーで、感銘を受けたかと聞かれても返事に悩む読後感だった。

悔しいが、三輪の弁は篠宮に対する嫌がらせというわけではなく、本の感想として大雑把《おおざっぱ》ではあるが的を射ていたと認めざるを得ない。

何者だか知らないが、侮《あなど》れない相手だと思った。

三輪と名乗る正体不明の美青年と会った翌週、仕事を片づけて帰り支度をしていると、携帯電話にメールの着信があった。

『一階のエントランスで待っている』

文面はそれだけで、アドレスを見ても誰からかわからない。

間違いメールのようだ。

篠宮は深く考えずに携帯電話をポケットにしまうと、三歳年上の事務官に「お先に失礼します」と丁寧に挨拶して執務室を出た。

エレベータで一階に下りる。

ちょうど退庁時間帯で、大勢の職員がエントランスフロアを横切って出入り口へと向かっていた。

そうした人の流れとはべつに、ここで待ち合わせしていると思しき人たちの姿がそこここにある。柱の周囲や、受付ブース付近、待ち合い用のベンチなど、目印になりやすい場所には人が溜まっている。

その中に、篠宮の視線を引き寄せる強烈に印象的な男の姿があった。

男を目にした途端、篠宮は危うく驚愕の声を上げそうになった。

手足の長いすらりとした体躯に、遠目にも仕立てのよさがわかるスリーピースを身に着け、悠然《ゆうぜん》とした態度で柱に凭れて立っている。

艶のある髪は一筋の乱れもなく整えられており、ぱっと見た感じは有能な若手重役といったところだ。

なぜ、なぜ、ここに堂島がいるんだ……！　篠宮は動顛《どうてん》し、足を止めて立ち尽くした。

これだけたくさんの人がいても堂島の存在感は圧倒的で、嫌でも目につく。篠宮だけではなく、帰りを急ぐ人たちもこぞって視線を向けて通り過ぎていくのだ。誰一人として堂島を無視する者はいなかった。

見咎《みとが》められないうちに行こう、と再び歩きだした途端、堂島がこちらを見た。

まるで最初から篠宮がいることに気がついていたかのごとく、迷いのない視線を向けてくる。

篠宮は照準を定められた心地で、固まったように動けなくなった。

まさか、あのメール。

突然、確信に近い推察が頭に閃いた。先ほど受け取ったメール、あれは間違いだったわけではなく、堂島が送ってきたものではないのか。どうやって篠宮のメールアドレスを知ったのかは想像もつかないが、裏社会に伝手があるならまったく不可能ではない気がする。

堂島を見たのは八年ぶりだ。大学卒業以来初めてである。

変わったと言えば変わったが、変わってないと言えば変わってない。

唐澤の目には荒んだと映ったようだが、篠宮にはむしろ水を得た魚のように活き活きして見える。自信満々で余裕綽々としていて、傲岸不遜な印象だ。大学時代に堂島を変わったと思ったときから、その片鱗《へんりん》は窺えていた。ただ、それがより迫力を増し、むやみに触れると火傷しかねない危険な雰囲気を全身から醸し出している。昔から頭のいい、切れる男だった。その才覚を裏社会で遺憾なく発揮しているのだとすれば、恐ろしい。

関わりになってはいけない、取り込まれたら最後だ。きっと抜け出せなくなる。篠宮は自分自身を信じきれなかった。堂島を拒絶し続ける自信がない。

すぐにこの場を立ち去れと理性が躍起《やっき》になって促すのだが、体が言うことを聞かない。

堂島は篠宮に、有無を言わさずねじ伏せて従わせるかのような強いまなざしをくれ、「ついてこい」とばかりに傲慢に顎をしゃくる。

最後に堂島と話をしたときのことが頭に甦《よみがえ》る。

あのときは堂島のあまりの変わりように驚いて、とにかく話をしなければと必死だった。

だが、今は、お互いの属する世界が正反対の方向に分かれてしまったことを確信し、やはりもう自分とは縁のない人間になったのだと噛み締めるばかりだ。

堂島の家の事情には同情するが、だからといって道を逸《そ》れても仕方がないとは思えない。そんなことで捻くれてしまうほど弱い男だったとは考えたくもない。

どんな大義名分があったとしても、堂島がまっとうな生き方をしていないのならば、受け入れるのは無理だ。篠宮の信条に反するだけでなく、職務上、暴力団と繋がっていると知れたら即免職ものだ。

堂島は篠宮がついてきているかどうか確かめもせず、大股で歩いていく。

状況だけ見れば、残暑が厳しかった大学二年の九月のあの日とほとんど同じだ。既視感を覚え、くらりと軽い眩暈がする。

あのときと比べると堂島の背中はぐんと逞しくなった。幅のあるがっしりとした肩、引き締まった腰。おそらくハンドオーダーメードであろう絶妙な仕立てのスーツが体のラインに綺麗に沿って体形のよさを引き立たせる。

できることならついていきたい。衝動的にそう思った。

なりふりかまわず押し流されてしまえばどうなるのだろうと一瞬考えた。

しかし、すぐに冷静になって情動を抑える。

気づかれないうちに早くここを立ち去らなくてはいけない。まだもう少し振り返らずにいて

くれと祈りつつ、後方にある柱の陰に身を隠すべく踵を返しかけたときだ。

「どちらにいらっしゃるおつもりですか？」

突然、背後から聞き覚えのある声に咎められ、篠宮はギョッとした。

「あ、あなた……！」

三輪がいつの間にか篠宮のすぐ後方に立っている。

全然気がつかなかった。

不意打ちに遭い、動揺してしまい、目を瞠ったまま絶句する。

「どうぞ、そのまま真っ直ぐ出入り口に向かってお歩きください。庁舎を出てすぐのところに車を待たせています。国産の普通車ですから人目をお気遣いになる必要はないでしょう」

相変わらず慇懃無礼な話し方をする。言葉遣いは過ぎるほど丁寧なのに高飛車な印象で、こちらの都合は意に介さない不愉快な強引さがある。

「……三輪さんは、彼の側近か何かだったんですか……」

そんなこととは想像もしなかった。

三輪もたいがい人が悪い。自分は何もかも承知の上で篠宮に近づき、素知らぬ顔で話しかけ、謎めいた科白を残していったのだ。

観察され、品定めされたのかと思うと嫌な気持ちになる。

三輪は篠宮の問いかけを無視し、冷ややかなまなざしで歩くように促す。

見た感じは繊細で神経質そうなエリートふう美青年だが、中身は立派なやくざらしい。それも、若いがきっとかなりの地位にいる筋金入りに違いない。見かけに騙されたら痛い目に遭うだろう。

篠宮は三輪にせっつかれるようにして歩きだした。

隙を見て逃げたくても、ぴたりと後ろをついてくる三輪を出し抜くのは難しそうだ。道理で堂島が振り返りもせず先を行ったはずだ。わざわざお目付役まで用意しておくとは恐れ入る。意地っ張りで頑なな面のある篠宮の性格を承知の上で、こんなふうにいきなり姿を現したからには、すべて周到に準備されていると考えるべきだろう。逆らっても無駄だということだ。

堂島とは長い間音信不通で、篠宮が親しくしていた頃とはまったく違う男になっているのは想像に難くない。正直不安はあるが、話をさせてくれるなら山ほど聞きたいことがあり、昔のように腹を割って向き合いたいと思っているのも事実だ。

万に一つでも堂島をこちら側に引き戻すきっかけが掴めるなら、それ以上に嬉しいことはない。その可能性に賭けてみたくもあった。自分はべつにたいそうな人間ではないが、堂島のためによかれと思うことがあれば、篠宮はできる限りのことをするつもりでいる。

表に出ると、三輪の言ったとおり右手の路肩に黒塗りの国産車が停まっているのが見えた。確かに仰々しくて目立ちすぎるとまでは言わないが、それなりの仕様をしたハイクラスのラグジュアリーカーであることに変わりはなかった。

あの中に堂島がいるのだと思うと、鼓動が速まった。

会いたい気持ちと逃げ出したい気持ちが鬩《せめ》ぎ合い、足取りが重くなる。

「怖いんですか?」

三輪に嘲《あざけ》るような調子で聞かれ、篠宮はムッとした。

「べつに」

負けず嫌いが表に出て、突っ慳貪に言い返す。

お陰で度胸がついた。ここまで来たら、どのみちもう退けない。いくら堂島が非情でも、シロウト相手にいきなりそうそう無体なまねはしないはずだ。篠宮が検事だと知っているならなおさらである。

車の傍まで来ると、それまで篠宮の後ろをついてきていた三輪が滑るような足取りで進み出て、後部座席のドアを開けてくれた。

奥に堂島が座っている。

ゆったりとした空間が取られた後部シートで長い足を組み、アームレストに左腕を預けた姿は威圧感に満ちており、気圧されそうになる。

篠宮はグッと奥歯を噛み締め、緊張して怖じけかけた気持ちを奮いたたせると、わざとぞんざいに車に乗り込んだ。一言の挨拶もせず、断りもなしで、気分を害しているのが一目瞭然だったはずだ。

それでも堂島はフッと余裕たっぷりに薄笑いを浮かべただけで、悪びれた様子は微塵もない。同じ歳だというのに、堂島のこの落ち着き払った様子、自分の意のままにならぬものはないとばかりの傲慢さはどこからくるのか。普段篠宮の周囲にいる人々とはまるで違っていて、堂島が何を考えているのか想像もつかない。

三輪は空いていた運転席に座った。

ほっそりした腕でステアリングを握り、車を車道に戻す。

発進はコップ目一杯に張った水も零さぬほど滑らかで、車と車の僅かな隙間にあっという間に入り込み、車列に加わってみせたテクニックは感嘆ものだった。嫌味なくらいなんでもそつなくこなす。いかにも堂島が気に入って取り立てそうな男だと思った。

「俺のことは誰かから聞いていたみたいだな」

唐突に堂島のほうから沈黙を破ってきた。

三輪の運転に気を取られていた篠宮は不意を衝かれて「え？」と反射的に洩らし、首を横に回して堂島を見た。

堂島は前を向いたままで、篠宮と目を合わそうとはしない。

そのため篠宮には堂島の腹の中がさっぱり推し量れず、苛立ちが募った。

「唐澤とかいうやつがいたな。新聞記者の。おおかたそのあたりだろう」

いきなり唐澤の名が出る。

篠宮はゾッとして、今まで感じたことのない恐怖心に産毛《うぶげ》が総毛立った。

何もかも堂島は調べ上げているのだ。携帯電話の番号やメールアドレスはもちろんのこと、住所も趣味も、プライベートでの交友関係から職場の人間関係まで、ありとあらゆることを知り尽くされている。おそらく篠宮の行動も。そんな気がした。

案の定、堂島は冷ややかに続けた。

「先々週も二人で飲んだそうだな」

やはり知られている。まさかとは思うが、ずっと誰かに後を尾けさせて監視でもしていたのか。もしそうなら気分が悪い。日常生活を見張られるなどまっぴらだ。なんの権利があって、と怒りが湧く。

「だったらなんだ」

ようやく篠宮も堂島に対して再会後初めて口を開いた。

ジロリ、と堂島が横目で鋭く睨んできた。

学生時代とは打って変わった篠宮の口のきき方に違和感でも覚えたのだろう。

変わったのは堂島だけではない。堂島ほど劇的ではないにせよ、社会に出て八年も経てば皆ある程度は変わる。篠宮とて例外ではない。

「ちょっと会わないうちにずいぶん性格がきつくなったな。前々から俺は、本当のおまえはもっと感情の起伏が激しくてプライドも並々ならず高い情熱家だろうと思っていたが、当たっていたようだ」

確かにそのとおりかもしれない。以前はよく、おとなしくて控えめ、引っ込み思案などと周りから評され、勉強以外取り柄がないと思い込んでいて自分に少しも自信が持てなかったが、いつの間にかそうしたコンプレックスは消えており、言葉遣いも自然と変わった。意外に怒りっぽくてすぐムキになる自分を自覚したのも同じ頃だった気がする。実は全然穏やかでも消極的でもないのではないかと思い至って、我ながら衝撃を受けた。自分のことは案外わからないものだ。堂島には早くから篠宮の本質が見えていたのだろう。

「俺はこっちのほうが好みだ。手応えのある相手じゃないとつまらない」

「悪いが、俺は迷惑だ」

篠宮はぴしゃりと言ってのけた。

昔の自分からは想像もつかない大胆さだ。

「きみが今、極芳会と関わりがあるのなら、二度と会いたくない。電話もメールも断る」

態度を硬くして突っ撥ねつつ、胸の奥では、どうか間違いであってくれ、否定してくれと願っていた。

しかし、それも虚しく、堂島は不敵に唇の端を吊り上げ、ぬけぬけと答えたのだ。

「よく知っているな」

篠宮は目の前が真っ暗になる思いがした。

「まさに昨日、芳村会長から直々に盃《さかずき》をもらった。つまり芳村会長は俺の親だ。極芳会と関わりがあるどころの話じゃない」

「きみのご両親は今頃どうしてこうなったのかと悲しまれているんじゃないのか」

「黙れ！」

低いが凄みに充ち満ちた迫力のある声音で一喝され、篠宮はビクッと身を竦ませた。

堂島の顔つきが一段と険しくなり、凶暴性を増す。やはり、両親の話は堂島にとってタブーのようだ。触れると激昂し、何をされるかわからない恐ろしさを感じる。

体ごと篠宮に向き直った堂島は、アームレストを上げて後部座席の仕切りを取り払うと、篠宮の腕を取って荒々しく上体を引き寄せた。

抗議の声を上げる間もなく顎を掴み取られ、痛みを感じるくらい指で圧迫される。

「よけいな世話だ。そういうことは二度と口にするな」

「わ……かった……」

篠宮は顔を顰めて途切れ途切れに答える。

よく事情を知りもしないのに親の話を持ち出したのは、確かに篠宮が悪かった。堂島が心に受けた傷は想像以上に深く、重く、暗いのだとあらためて感じる。不用意に立ち入るのは今後慎むと心に誓う。

顎を締めつけていた堂島の指が緩む。

ホッとしたのも束の間、堂島は篠宮を離そうとせず、さらに顔を近づけてきた。息がかかりそうなほど間近に我の強さの滲み出た精悍な顔が迫る。ほのかにムスクの混ざった官能的なトワレの香りが漂ってきて、野性味に溢れた男の色香にゾクリとする。

悪魔のように危険な男だ――篠宮はこくりと喉を上下させ、瞬きもせずに堂島を凝視した。

堂島からもひたと見据えられる。

瞳の奥を探るように覗き込まれ、鋭いまなざしに射竦められる。

篠宮は息をするのも憚られるくらい緊張した。堂島に擡げられた顎が震える。唇も微かにわななき、薄く開いたまま閉じ合わせきれない。

こんな形で堂島と対峙するのは初めてだ。対峙というには篠宮は堂島に圧倒されてしまっているので、一方的に押さえ込まれているというべきだろうか。

このまま力尽くでこられたら、篠宮はきっとやられるがままだ。堂島がどう出るのか篠宮にはまるで予測がつかず、恐ろしかった。親友だった頃の堂島はもはやどこにも面影を残していないように思え、今の堂島とどういうスタンスで向き合えばいいのか、さっぱりわからない。もう一度うっかり逆鱗《げきりん》に触れたら、次は本気で暴力をふるわれるのではないかと危惧する。

「俺が怖いか、雅葦？」

堂島は支配者の傲慢さを露にして篠宮を追い詰める。

ねじ伏せ、従わせるために数年ぶりに会いに来たのだとしか思えず、篠宮は堂島の身勝手さに怒りを覚えた。

怖くないと言えば嘘になるが、それよりも負けたくないという意地が勝った。

キッと堂島を睨み上げ、顎にかけられていた手を振り払う。

「それより、俺になんの用があるのか知りたい」

「旧交を温めに来ただけだ」

「強制的に車に乗せておいてよく言う」

篠宮は運転席の三輪に視線を流して、堂島の厚顔無恥さを皮肉る。

しかし、堂島は人を食った笑みを口元に刷かせ、いけしゃあしゃあと返してきた。

「三輪が何かおまえの気に障るような言動をしたか?」

篠宮は鼻白み、返事をしなかった。

いきなり名前を出されても三輪は聞こえなかったかのごとく運転に専念している。作りもののように整った白い横顔は取り澄ましたままだ。動じた様子はまるでない。たいした神経の太さだと篠宮はいっそ感心する。

三輪は三輪で、あのこちらを見下したような態度が不愉快で相容れそうにないが、それよりもっと気に障ってむかつくのは堂島だ。

堂島もわかっていながらあえて三輪を持ち出してはぐらかしたのであって、篠宮が黙り込むのも承知の上だったようだ。

「こうでもしなけりゃ、おまえは呼び出しに応じなかっただろうが」

今度は開き直りかと突っ込んでやりたいのを堪え、篠宮は「どうかな」と曖昧に、だが正直に答えた。十中八九堂島の言葉どおり断ったと思うのだが、会いたい気持ちがまったくなかったわけではない。それを抑えて断りきれたかどうか、自分でも定かでなかった。

フン、と堂島は鼻で嗤って受け流す。篠宮の返事を単なるその場凌ぎだと思ったようだ。

このままでは悔しくて、篠宮は唇を噛み、思いきって言った。

「きみがもう少しまっとうな仕事をしていたなら、俺は躊躇わなかった」

「言っておくが、俺は非合法なまねはしていない。少々ねじ曲げたり隙を突いたりすることはあっても、あくまで合法だ。勘違いするな」

堂島は頭の切れる経済やくざらしい言い訳をする。

「合法だろうが非合法だろうが、きみの稼いだ金の一部が極芳会に渡って資金源にされているなら同じことだ」

「おまえはやくざが嫌いか？」

堂島はすっと目を眇め、今さらなことを聞いてくる。

「普通に暮らしている分には好きだの嫌いだの意識しないが、少なくとも、聞かれて好きだと答えるやつはいないだろう。現実は任侠映画とは違うと皆知っているからな」

「優等生の返事だな」

案の定揶揄されてムッとしたが、次の堂島の言葉は意外だった。

「俺もやくざは嫌いだ。一時は虫酸《むしず》が走るほど嫌っていた」

まるで憎い敵を脳裡に浮かべて言っているかのように心底苦々しげな口調で、嘘だとは思えなかった。

「だったらなぜ同じ穴の狢《むじな》になったんだ」

「俺の人生を変えたやつらを見返すためだ」

堂島は間髪容れずにはっきり答えた。

見返すと堂島は言ったが、篠宮には復讐したがっているという強い意味に聞こえた。

憎んでいる連中と同じ世界に身を置き、そこでできる限り上を目指して昇り詰めることで自分を苦しめたものを乗り越える。それが堂島なりの落とし前のつけ方だと言っているように受け取れる。

もしかして、と篠宮は想像を巡らせた。

堂島電機が同業他社に吸収合併されるに至った背景には、やくざの存在があったのだろうか。ただの倒産ではなく裏でやくざが暗躍しており、汚いやり口で堂島の父親を嵌め、工場を取り上げ、仲睦まじかった堂島の家族をばらばらにし、優秀な一人息子の将来をめちゃくちゃにしたのだとしたら。

あくまで仮定の話だが、真実を突いている気がして篠宮は総毛立つ心地がした。

あの当時、堂島は大学を頻繁に休んで、ずっと何か調べものをしていたようだ。堂島には父親の会社が突然立ち行かなくなったことが納得いかず、なんらかの疑惑を持ったのかもしれない。そして、徹底して調べ上げた結果、吸収合併がやくざによって仕組まれたものだと知ったのだとしたら、突然人が変わったようになったのも道理だ。

おそらく、堂島の父親は会社が潰れた直後に自殺している。母親は今も精神を病んで入院中なのではないかと思う。

堂島が頑なに口を噤《つぐ》んだままで、さらには、よけいな詮索はするなと語気を荒げるため確かめようがないが、篠宮はこの推量がほぼ当たっている気がした。

篠宮にとっても堂島の両親の身に起きた悲劇は他人事ではない。

やるせなさに落ち込みそうだ。

しかし、だからといって堂島の生き方を認められるわけではなかった。

堂島にもそれがわかるのか、ぼそりと言う。

「たぶんおまえには俺の気持ちは理解できないだろう」

「できない。悪いけど」

ただ、堂島のことは今でも嫌いではないし、これからもひそかに心配はするに違いない。

篠宮の胸の奥に燻り続ける淡い気持ちはまだ消えていなかった。

こうして堂島と会っていると、否応もなく恋情を掻き立てられ、苦しくて仕方なくなる。もとより叶う想いだとは期待していないが、堂島がこんなふうになって成就の望みはいよいよ潰えた。早く気持ちの整理をつけ、忘れなければと己に言い聞かす。

「……そうか」

堂島はゆっくりと噛み締めるように低めた声で言うと、三輪に向かって命令した。

「上を走らせろ」

「畏まりました」

しばらくすると首都高の入り口が現れ、三人を乗せた車は高速道路を走り始めた。車の流れは順調だ。

「どこに行くつもりだ。もう話はすんだだろう。帰らせてくれ」

高速などに乗ったらどんな場所に連れていかれるかわかったものではない。篠宮は不穏な気持ちに駆られ、黒いフィルムを貼った車窓から外を覗いた。

「確かに話はいちおうすんだが、まだ俺はおまえに用がある」

篠宮は顔を戻し、訝しげに問い返す。

「用？」

「言い忘れていたが、シートベルトを締めろ。検事が道交法に違反するな」

はぐらかすように柄にもない注意をされ、篠宮は呆れた。自分のことは棚に上げて、よく言えたものだ。当然のように堂島は締めないままだった。

それでも指摘された以上、立場的にも締めないわけにはいかず、シートベルトを引っ張る。

「これで文句はないだろう」

カチリと金具を差したとき、傍らで堂島がフッとほくそ笑んだ気がした。

嫌な予感が頭を掠める。

何か、堂島の企みにまんまと嵌まったような不穏な気持ちで落ち着かない。

「確かめてやろう」

言うなり、堂島は篠宮の襟元に手を伸ばし、あっという間にネクタイの結び目を緩めてしまった。

予期せぬ行動に篠宮は驚き、尖った声を上げた。

「何をするんだ……！」

シュルッと絹が滑る艶《なまめ》かしい音をさせてネクタイを抜き取られる。

「なんのつもりだ。返せ」

篠宮はわけがわからずネクタイを取り返そうと右手を伸ばした。

シートベルトが邪魔をして体が動かしづらい。

伸ばした手を逆に堂島に掴み取られ、反射的に今度は左手を出す。

そちらもあっけなく捕らえられてしまい、気がつくと両腕をネクタイで一括りにされていた。

あっという間の早業で、篠宮には何が起きたのかほとんど把握できていなかった。

「馬鹿野郎、解けっ」

動顛するあまり篠宮は口汚く堂島を罵った。

「卑怯だぞ、堂島！」

「ばかめ」

堂島は痛くも痒くもなさそうにせせら嗤い、篠宮の顎を親指と人差し指で挟み、気道を塞ぐほど強く押さえつけてくる。

喉を圧迫されて、篠宮は苦しさに喘いだ。

「やくざは卑怯で無情で残酷なのが一般常識だ。今からそれを身に染みてわからせてやる」

「嘘だ……きみが、俺に……そんなこと……うっ！」

信じられなさに抗議しかけたが、噛みつくように唇を塞がれ、言葉を途切れさせる。

初めて触れた堂島の唇は厚みがあって柔らかく、弾力も十分だった。

繰り返しきつく吸い上げられ、舌の先で合わせ目を辿られ、頃合いを見てこじ開けられる。濡れた舌が口腔に滑り込んできて、口蓋や歯茎、頬肉の内側をくまなく舐め、擽《くすぐ》って刺激する。たまらない感触に篠宮は首を振って抗うが、堂島に頭を押さえつけられ、強引に貪られるうち、抵抗する気力を削がれてされるがままに荒々しいキスを受けるしかなくなった。

前には三輪がいることも、前後や横にはほかの車が走っていることも、考慮する余裕をなくして、意識の外に追いやった。

こんな形で貶《おとし》められるとは思いもしなかった。

非情にもほどがある。

堂島は篠宮の気持ちに気づいていたのだと確信する。だからこそ、それを逆手にとって最悪の裏切りをしてのけ、屈辱を味わわせようと思いついたに違いない。

口の中に溜まった唾液が唇の端から零れ出し、顎と堂島の手とを濡らす。

堂島は口腔を掻き混ぜる淫らなキスを続けつつ、汚れた指を篠宮の頬に擦りつけた。

どれだけ貪っても足りない、渇きが癒えないとばかりに口の中の唾液を啜っては自分の唾液と混ぜて戻し、再びそれを啜る淫猥な行為を繰り返す。

キスだけで陵辱されている気分だった。

次第に頭の芯が痺れたようにぼうっとしてきて、強いられるまま二人分の唾液を嚥下し、搦め捕られた舌を自分からも動かした。

相手が堂島でなかったら絶対に許し難い暴行だ。堂島だからといって許せるわけではないのだが、少なくとも生理的な苦痛は味わわずにすんだ。そこがまた堂島の狡猾《こうかつ》なところだ。

ようやく唇を離されたとき、篠宮はすでにぐったりしていて、濡れそぼった唇を閉じ合わせる気力もなかった。

ネクタイで縛られた両腕を上げることもせず、潤んだ目で堂島を見上げた。

車はあてもなく首都高《しゅとこう》を走り続けている。

後部座席のウインドーに真っ黒いフィルムを貼った車内は、格好の密室だった。これでは助けも呼べない。縛られて好き勝手にされる様を三輪にまで知られ、へたに騒げば周囲の車に異変を察知されて警察沙汰になった挙げ句、検事が暴力団幹部に襲われたという一大スキャンダルだ。とてもではないが、職場にいられなくなる。

「おまえは俺のものだ」

唇を啄《ついば》むだけの軽いキスをして、堂島は決めつけた。

「おまえは俺が変わったと思っているだろうが、おまえ自身ももっと変えてやる。正直に認めろよ。ずっと俺に惚れていただろう?」

「……自惚《うぬぼ》れるな」

とてもここで肯定するわけにはいかず、篠宮はうつろな目で堂島を見上げ、一笑に付した。

「たとえそんなことがあったとしても、もう過去だ。完全になくした感情だ」

篠宮が意地を張ってそう言った途端、堂島の顔に一瞬失意が過った気がする。

しかし、堂島はすぐに気を取り直したようで、次の瞬間には不敵な表情を浮かべていた。

「なら、もう一度思い出せ。そう難しいことじゃない」

「無理だと言っているだろう！　よせっ、俺に触るな……！」

「触ってやらないとおまえは素直になれない男だろう」

プツプツとカッターシャツのボタンを外され、隙間から手を差し入れられる。

手のひらで裸の胸を撫で回されて、たちまち肌が粟立《あわだ》った。

キスで恥ずかしく勃ってしまっていた乳首を爪の先で軽く引っかかれ、顎を反らして唇を噛み、声を抑えた。

「ここがおまえの弱みか。ずいぶんいやらしい乳首をしているようだな」

「や……めろ……、あっ、あ、あっ」

摘まんで揉みしだかれ、潰しては引っ張られと、さんざんに弄ばれる。

尖った乳首は愛撫を受けてさらに膨らみ、猥りがわしく突き出した。

痛いほどに硬くなり、充血してジンジン疼く乳首を口に含まれ、篠宮は堪らず頭を振った。

「もういや、いやだ、感じすぎて……っ」

おかしくなりそうだった。

これ以上されるとどんな痴態を晒してしまうかわからず、今すぐやめてほしいと哀願した。

だが、堂島がそんなに簡単に許すはずがなく、かえって愉しげな笑い声を立てさせただけだ。

豆粒のようになった凝りを舌で弾いて転がされ、きつく吸引される。

吸うときはわざと猥りがわしい水音を立て、高速走行中も驚くほどの静けさを保った車内に派手に響かせた。

三輪が形のいい唇を歪ませてうっすら嗤っているのが目に浮かぶようで、篠宮は羞恥でどうにかなりそうだった。

「泣いてる顔もそそるな、おまえ」

堂島は篠宮を揶揄し、目尻に溜まった涙を長い指で払い落とす。

「本当はもっといろいろしてやりたいが、あいにくここは狭くて動きづらい。ほかはあとの愉しみにとっておこう」

「堂島、頼むから、もう」

「俺は前からおまえが欲しかった。自分の中で目標を決め、達成したらおまえに会いに行くと決めてここまでやってきたんだ。いわば、おまえは俺の勲章のようなものだ。諦めろ」

「勝手すぎる」

「そうだな。確かに俺もそう思う」

何を言っても通じない。

篠宮はなんとかしてシートベルトを外そうと踠《もが》いたが、縛られた腕で堂島の隙を突くことなどとても無理だった。

外したところで、高速走行中の車から出ることはできない。

抗うだけ無駄なのは目に見えている。それでも、なけなしの矜持で篠宮は抵抗せずにはいられなかった。

こんな非道なまねをされても、篠宮は堂島を憎んで嫌いにはなれない。

不器用で一途すぎる、あるいは両目を潰されたような自分が情けなかった。半面、愛おしくもあった。

せつないのは、自分は堂島が好きで、このまま最後までいったとしてもそれはそれで納得できるのだが、堂島のほうはたぶんに愛情などはなく、憂さ晴らしや単なる性欲処理で篠宮を抱こうとしていることだ。

篠宮にはとうてい堂島が自分に愛情を抱いているとは思えなかった。本気で好きなら強姦はしないだろう。第三者のいる前で恥辱を味わわせたり、できるはずがない。

考えれば考えるほど虚しくて、篠宮はいっそもう好きにすればいいと自棄になった。

堂島は活きのいい相手が好みだと言った。

要するに、篠宮が足掻けば足掻くほど、男の征服欲を刺激され、セックスしたとき深い充足感が得られるのだ。

これは堂島にとって一種のゲームに違いない。

そう思ったら、必死になって抵抗して体力を消耗してまでわざわざ堂島を悦ばせる義理はない気がしてきた。

どうせやることはやられてしまうのだ。

変に情が残らないよう、さっさとすませて解放してくれと思った。

篠宮が体から力を抜いてシートに体を投げ出すと、堂島はあっさりシートベルトを外してくれた。

「……これは……？」

どうせならネクタイも解いてほしいと頼んだが、さすがにそこまで親切ではなかった。無視される。

シートに縛りつけられたも同然の状態から解放された篠宮は、はだけたシャツを直すこともできぬまま、堂島の足の間に身を置いて床に座らされた。

「やったことはあるか？」

何を求められているかはすぐにわかった。

ない、と答えるのがなんとなく癪で、篠宮は答える代わりに堂島のズボンの前立てを、手首を縛られたままの手で開いた。

堂島の陰茎はすでに半ば勃起していた。

芯を作って硬くなりかけている陰茎を掴み出す。

おおかたこのくらいはあるだろうと想像していたよりもまだ大きく立派な器官にゾクッと戦慄する。

羨望よりも感嘆が大きく、次に感じたのは恐れだった。

こんなもの、自分の中に入るわけがない。きっと壊されてしまう。無理だ。

男同士の経験はないが、知識は当然持っていて、篠宮は先走って困惑した。

「何をしている。銜えろ」

堂島に苛立った声をかけられ、篠宮は我に返った。

亀頭の膨らんだ部分をまず口に含み、吸ったり舐めたりする。

初めてなのでさぞかし拙《つたな》かったと思うのだが、堂島は何も言わなかった。

篠宮の髪に指を差し入れ、頭皮を愛撫するように動かしながら、ときどき微かに声を洩らす。

亀頭から徐々に呑み込んでいって、茎に舌を這わせたり、濡れた陰茎を口から出して手で扱いたり、思いつく限りのことをした。

慣れた女性よりよかったということはないだろうが、特に不満もなかったようだ。

「もういい」

篠宮は堂島にシートに上体を引きずり上げられ、横寝の形に押さえつけられた。両足は床に伸ばしたままだ。

心臓が割れ鐘のように鳴っている。

初めてだから優しくしてくれと頼みたかったが、どうしても矜持が邪魔して言葉にならない。ずっと堂島一人を想っていて、この歳になるまで誰とも経験しなかったとは、口が裂けても言いたくなかった。

堂島をつけ上がらせるだけだ。もうこれ以上は篠宮も譲れない。

ベルトを外して下着ごとズボンを下ろされた。

篠宮は固く目を瞑る。

剥き出しにされた尻に外の空気が当たる。車内は暖房が効いていて暖かいが、それでも鳥肌が立った。緊張しているせいもあるだろう。

「力を抜け。ひどくはしない」

そうは言われても、簡単にはいかなかった。羞恥と恐怖でどうしても体が強張る。

双丘を割り裂かれ、中心の窄まりにとろりとしたローションを垂らされる。

「んっ……う」

慣れない感触に篠宮は身を竦ませ、あえかな声を出す。

顔の前に持ってきていた手首を縛ったネクタイを噛み、少しでも情けない声を洩らさないようにしようとする。

ぐちゅぐちゅと粘ついた潤滑剤を襞の周囲に塗《まぶ》す音がする。

滑りがよくなった皮膚は堂島の指を比較的楽に呑み込み、付け根まで受け入れた。

誰にも触れさせたことのない恥ずかしい部分を、指を抜き差しして解される。

「……っ、あ、あ、あ……！」

えも言われぬ感覚が体の奥から湧いてきて、篠宮は次第に我慢しきれなくなり、喘ぎだした。

自分のものとも思えないはしたない声が耳朶を打つ。

羞恥に頬が火照り、全身が汗ばんできた。

弄られてまだ疼きが治まらない乳首がシャツの生地で擦られ、堪らない痺れが全身を駆け抜ける。

篠宮の陰茎も勃っていた。

堂島はそこもときどき絶妙な指遣いで扱いたり揉んだりして刺激する。

「うう……くっ……あ、ああっ」

一本だった指が二本に増やされ、狭くて頑なだったはずの後孔がだんだん柔らかくなってきたことが篠宮にもわかった。

ズルッ、と奥に埋め込まれていた指が二本同時に抜かれ、一瞬篠宮は喪失感を覚えた。

「苦しかったら我慢せず声を出せ」

堂島はそう言って両腕を一纏めにして縛っていたネクタイを解き、床に落とした。

腕が自由になったことで、少しは恐ろしさが減った。

堂島にも篠宮が初めてだということがどうやらわかったようだ。

「遊んでなかったんだな」

呟くように言った声に、意外さと歓喜が含まれていたような気がする。

片方の足をシートに上げさせられ、今度は腹這いの姿勢をとらされる。

腰の下には筒型のクッションを挟まれ、尻だけ持ち上がるようにされた。

堂島は篠宮の腰に両手をかけると、挿れやすいように位置を定めた。

そうしておいて、抜いた指の代わりに堂島自身をあてがう。

ずぷ、と先端が襞を押し広げて穿たれた。

「ひ……っ」

指とはまったく違う大きさに、篠宮は乱れた声を上げた。

「痛いか」

十分に濡らされているので痛みはないが、圧迫感と違和感に悶えずにはいられず、何度も悲鳴を上げて革製のシートに爪を立てた。

少しずつ怒張が奥に進められてくる。

篠宮は必死になって受けとめた。

みっしりと隙間なく雄芯を包み込んだ器官が勝手に収縮し、堂島をも低く喘がせる。

セックスをしているときの堂島はこんな声を出すのか、と初めて知った。

悪くない。篠宮はもっと堂島が乱れて満足するところを見たいと思った。

グッ、とさらに腰が押しつけられてくる。

双丘に堂島の縮れた茂みが当たり、すべて受け入れたのだとわかる。

篠宮は小刻みに呼吸をして熱い息を吐きながら、とうとうこんな関係にまでなってしまったとあらためて思い、複雑な気持ちで混乱しそうだった。

背徳感もあれば欲望もあり、後悔もあれば諦めもある。

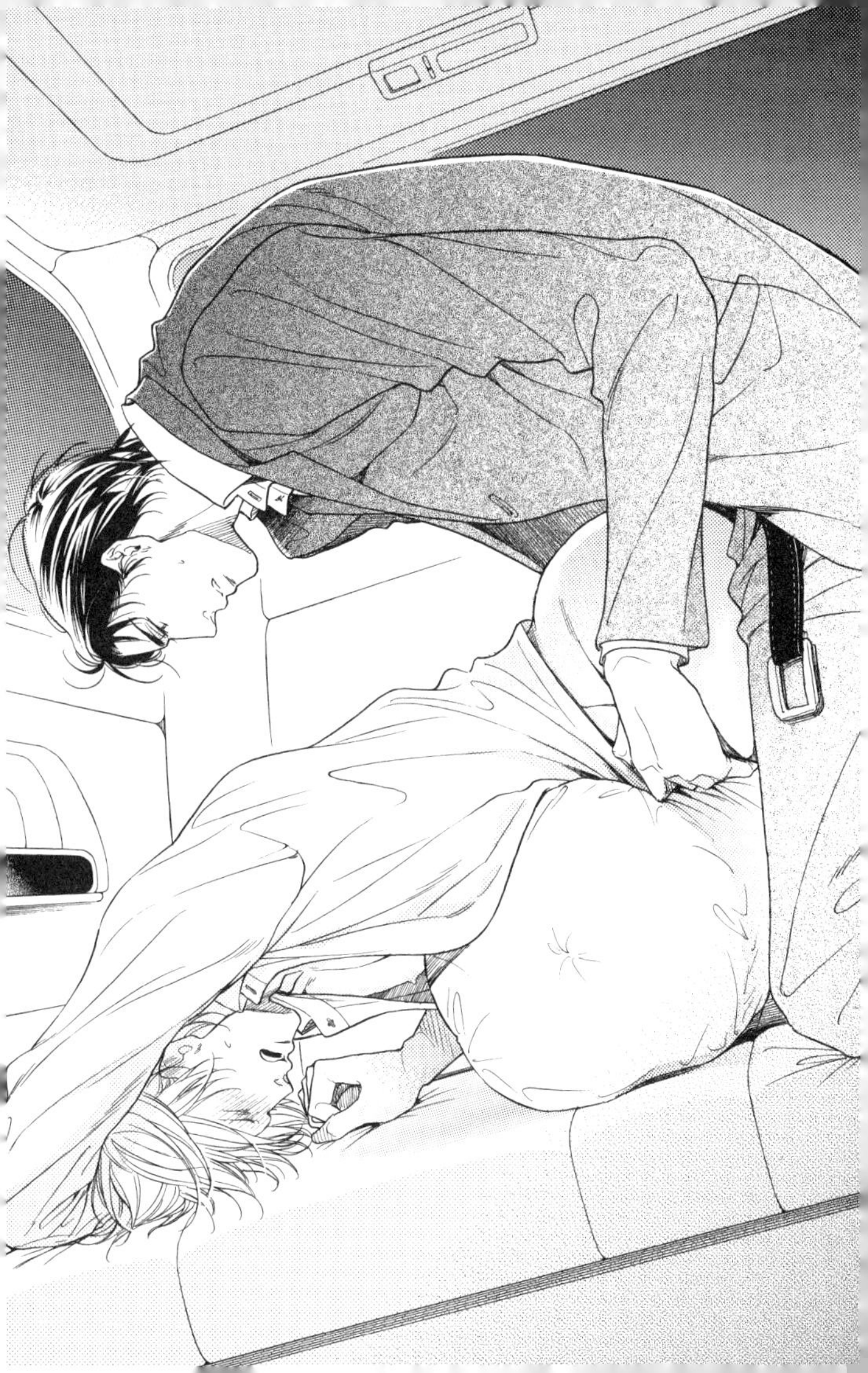

一番の不安は、この先自分はどうすればいいのかということだった。

堂島は快感だけを追い、好きなときに篠宮を勝手に扱うだけだろうが、篠宮のほうはそうはいかない。ばれたら辞職ものだし、まだやくざの堂島に靡いたわけではない。

体から籠絡するとは、本当に狡い男だと思う。

軽蔑するが、それでもどうしても嫌いにはなれない。

大馬鹿者だ——篠宮は自分で自分をそう思い、堂島を結局拒絶できなかった己の弱さに辟易《へきえき》する。

堂島が篠宮の中で少しずつ抽挿し始めた。

粘膜を擦り立てて出し入れされる堂島の陰茎を生々しく感じる。

苦しさだけでなく、くらりと眩暈がするような痺れがときどき背筋を這い上がってきて、嬌声を放って身を揺する。

途中から意識が混濁してきて、わけがわからなくなった。

昨晩、仕事の資料を読んでいて夜更かししてしまい、三時間ほどしか寝なかったから眠気に襲われたこともあるようだ。

低く呻いて腰を打ちつけたまま動きを止めた堂島が、篠宮を背中からきつく抱いてきたことはかろうじて覚えている。

おそらくこのとき堂島は篠宮の中で達したのだろう。

そのまま深い井戸に引きずり込まれるように頭の中が真っ暗になり、意識を手放した。

気がつくと、いつの間にか自分の部屋にいて、篠宮はパジャマを着てベッドに寝かされていた。

布団を撥ねのけて枕元の時計を見ると、あと数分で午前五時になるところだ。まだ外は暗いだろう。

いったい誰が篠宮をここまで連れ帰って世話を焼いてくれたのか。三輪だとは考えたくなかった。そんな醜態を見せたとなってはますます顔を合わせるのが億劫になる。堂島がしてくれたとはこれまた考えづらいが、事実はどうであれ篠宮の心の中でだけはそう思っていたほうが気が楽だった。

喉の渇きを覚えたのでキッチンに水を飲みに行く。

キッチン、ダイニングと続きになったリビングに光量を絞って明かりが点けられたままになっていた。

センターテーブルに紙片のようなものが置かれているのが目に入る。

篠宮は水を入れたグラスを手に、確かめに行った。

やはりメモ用紙だ。

十一桁の数字が記されている。

ほかには何も書かれていなかったが、すぐに堂島の携帯電話の番号だとわかった。

「……どういうつもりだ」

篠宮は独りごち、腰の痛みもあって頽《くずお》れるようにソファに座り込んだ。

秘部に疼痛を感じ、奥にまだ何か挟まっている感触が残っている。出勤時刻までに消えてくれそうな軽い違和感ではなかった。きっと今日一日、意識させられるだろう。

堂島と寝たのだ。はっきりと思い知らされる。

強姦されたと言えないことはないが、そう言いきるには篠宮自身後ろめたすぎる。途中からは自分もある程度望んだし、自棄《やけ》を起こしたからとはいえ、そうなってもかまわないと考えもした。

堂島はきっとまた連絡してくるだろう。

——篠宮を抱いて愉しむために。飽きるまで。

いつまで続くかはわからないが、その間の段取りはあの冷たい美貌の側近が万事うまく取り計らうなら、周囲に秘密にすることはできるかもしれない。

ばれたら、そのときは、ヤメ検として弁護士事務所でも開業するほかない。

それもまた一つの道ではある。

また眠気が差してきた。

篠宮はグラスの水を飲み干すと、キッチンに寄ってから、もう一度寝室に向かった。あと三十分寝てもなんとか出勤に間に合う。

メモはコンロで火を点け、焼き捨てた。

数字は覚えているが、よほどのことがない限り篠宮からかけることはないだろう。それ以外にかける理由がない。

＊

午前八時、二度寝して頭をすっきりさせ、シャワーまで浴びてきっちりと身支度を調えた篠宮は、検察官徽章を襟に着け、霞ヶ関《かすみがせき》の合同庁舎6号館A棟内の地検刑事部に登庁した。

立っていても、座っていても、歩いていても、話をするだけでも、体にずんと響く腰の奥の違和感が気になって仕方がないが、それもそのうち消えるだろう。

もしかすると、消える前に再び堂島から呼び出しがかかるかもしれず、十中八九篠宮にそれを回避する術はないのだが、それはまたそのとき考えることにする。

堂島との関係は再開されたばかりで、どこへ向かうのか、自分たちがどうなるのか、今のところ篠宮には予測もつかなかった。

くされ縁の男

地検の入った中央合同庁舎第6号館を出てすぐのところで、携帯電話に着信があった。

液晶画面でかけてきた相手を確かめた篠宮《しのみや》は、眉間に皺を寄せ、舌打ちしたい気分になった。

堂島《どうじま》からの電話など、受けたところでいいことは何もない。どうせまた、こちらの都合はおかまいなしに我が物顔に振る舞うつもりに決まっている。

俺はあいつのものじゃない。所有物扱いされるのはいい加減うんざりだ。

電話が鳴ったことに気づかなかったふりをして、このまま無視しようかと考える。

だが、何気なく前方に視線をやった途端、路肩に停まった黒塗りの高級車が視界に飛び込んできて、篠宮はギョッと身を硬くした。

篠宮が気づいたことに応えるかのごとく、後部座席の窓がスーッと下ろされ、それまで真っ黒なフィルムで遮られていた車内が見えるようになった。

携帯電話を耳に当て、こちらに顔を向けて底意地の悪そうな笑みを口元に浮かべた男と視線が合う。

来い、と酷薄そうに眇められたまなざしが命令していた。

あいつの言うことをいちいち聞く必要はないはずだ。第一、こんな職場の真下で、地検の検事ともあろう者が、いかにもいわくありげな怪しい車に同乗できるわけがない。常から非常識で傍若無人《ぼうじゃくぶじん》な男だが、いったい何を考えているんだと腹立たしさを通り越して呆れる。大胆不敵もいいところだ。

持ち前の気の強さが頭を擡げたが、堂島の無言の圧力、有無を言わせぬ目力は半端ではなかった。

気持ちは回れ右してこの場を逃れたいと望んでいるが、体が動かない。

いざとなったらどんな残酷な制裁を与えるのも躊躇《ちゅうちょ》しない堂島を熟知しているため、やすやすとは逆らえないのだ。学生時代からの腐れ縁ともいえる付き合いの長さが、篠宮の心と体にそれを思い知らせている。

手にした携帯電話はずっと鳴り続けている。

うるさい。神経が逆立つ。思考が途切れ、苛立つ。

篠宮は自棄を起こし、電話に出た。

「なんの用でこんなところまで来た？」

数メートル先にいる堂島を睨みながら、迷惑がっているのを隠さない突っ慳貪な口調で聞く。

『久しぶりに食事でもしようと思って迎えにきてやった。ここでは車に乗りにくいか。相変わらず体面を気にするやつだな。さっさと検事なんて辛気くさい商売は辞めて俺のところに来ればいいものを。面倒くさいやつだ』

堂島はふてぶてしい薄笑いを浮かべ、篠宮を揶揄する。

『しかし、まぁ、そういうおまえに惚れているんだからしょうがない。角を曲がったところで待っていてやるから、すぐに来い』

否はないとばかりの強引さだ。おまえの立場を考えて譲ってやっているのだと恩着せがましく言う。

そして、篠宮の返事も聞かずに電話を切ると、スモークガラスを上げた。

篠宮は溜息をつき、走りだした車の後を追うように足を進めた。

結局、篠宮はいつも堂島の言いなりだ。

抵抗できない自分にいい加減嫌気が差す。なんのかんのと言い訳しながら、ひょっとすると気持ちの上ではすでに堂島のものになってしまっているのではないのか。

せめてもの意趣返しに、わざとゆっくり歩きつつ、篠宮は不意に浮かんできた考えにゾッとした。

そんなはずはない。俺はあのしつこいやくざ者につき纏われ、嫌だと思っているのに体だけ籠絡《ろうらく》されているだけだ。

自分自身に言い聞かす。

角を曲がると、黒塗りの国産高級車が待ち構えていた。

篠宮が傍まで行くと、運転席から降りてきたスーツ姿の側近が、後部座席のドアを開けた。

仕方なく身を潜らせ、堂島の横に腰掛ける。

「ずいぶん勿体《もったい》ぶるじゃないか」

「疲れているんだ」

篠宮は前を向いたままそっけなく答える。実際、篠宮は明日の公判に備え、ここ数日睡眠時間を削っていた。

「そうか。それは大変だな」

三つ揃いのスーツを着こなし、きっちりと髪を整えた堂島は、鋭すぎる目つきさえなければ、どこかの大企業の会社重役と言っても通用する。

ほのかに香るトワレのにおいに、篠宮はどうしようもなく体が疼いてくるのを感じ、内心狼狽えた。

嫌だ、嫌だ、と口では繰り返すが、体のほうは正直だ。堂島と会えば欲情し、乱暴で容赦のない行為を思い出して期待してしまう。

篠宮はそっと唇を噛むと、尻をずらしてできるだけ堂島から身を遠ざけようとした。

だが、反対に堂島に腕を取られて引き寄せられる。

あっという間のことで抗えず、堂島の逞しい胸に突っ伏すように倒れ込んでしまっていた。

すっかり鼻に馴染んだトワレの香りをいっそう強く感じる。体臭と混ざったセクシーなにおいに官能を刺激され、ざわっと鳥肌が立った。

「俺の知り合いの同業者がな、愛人のここに真珠を入れさせたそうだ。強情な男で、懲らしめのためにな」

耳朶に口を寄せ、息を吹きかけながらそんなことを言われ、篠宮はさらにざわざわと胸を騒がせた。

背筋を倒錯的な悦楽が駆け抜ける。電気を流されたような痺れが走り、顎まで震える。

「……今夜、おまえにもしてやろうか?」

堂島は中指にダイヤ入りの指輪を嵌めた手で篠宮の股間を撫でた。

「嫌だ、絶対に」

篠宮の声は頼りなく響く。

「真珠はさすがに俺の趣味じゃないから、ピアスにしてやろう」

「やめろ……っ」

篠宮の放った悲鳴のような声は、堂島のキスで塞がれた。

また今夜も淫らに堕とされる――篠宮は眩暈がするのを覚え、貪られるまま唇を開き、舌を搦め捕られた。

あとがき

このたびは拙著をお手に取っていただきまして、本当にありがとうございます。

本作は、イベントで配布したフリーペーパー用に書いたごく短い話を私自身が気に入り、もう少し彼らを動かしてみたいという思いに駆られて執筆したものです。

その短い話というのが、巻末に収録していただいている「くされ縁の男」です。

意地を張り合う二人という関係性には相変わらず萌えます。

イラストは小椋《おぐら》ムク先生にお引き受けいただきました。私は小椋先生の描かれるティーンエイジャーがめちゃくちゃ好きなので、今回、やのつく職業の男×検事などという厳めしい二人が、ごく普通の中学・高校生だった頃の話——過去編にもページを割かせていただきました。

お忙しいなか素敵なイラストをつけていただきまして、どうもありがとうございます。組ませていただけてとても嬉しかったです。

読者の皆さま。本を開いている間は現実を忘れて楽しんでいただける作品をお届けできていれば幸いです。今後とも精進してまいりますので、どうぞよろしくお願いいたします。

この本の制作にご尽力くださいましたスタッフの皆さまにも厚く御礼申し上げます。

それではまた次の作品でお目にかかれますように。

遠野春日

ふたりのバランスがとてもすきで、ずっと
キュンキュンしっぱなしで居ました…！
遠野先生、担当さん、どうもありがとうございました。

小椋ムク

ダリア文庫をお買い上げいただきましてありがとうございます。
この本を読んでのご意見・ご感想・ファンレターをお待ちしております。

〈あて先〉
〒173-8561　東京都板橋区弥生町78-3
(株)フロンティアワークス　ダリア編集部
感想係、または「遠野春日先生」「小椋ムク先生」係

❋初出一覧❋

烈日の執愛Ⅰ……………………書き下ろし
烈日の執愛Ⅱ……………………書き下ろし
くされ縁の男……2010年イベント無料配布ペーパー

烈日の執愛

2011年4月20日　第一刷発行

著者　遠野春日

発行者　藤井春彦

発行所　株式会社フロンティアワークス
〒173-8561　東京都板橋区弥生町78-3
営業　TEL 03-3972-0346　FAX 03-3972-0344
編集　TEL 03-3972-1445

印刷所　中央精版印刷株式会社